A Bibliophile's Summer
in Oxford

A BIBLIOPHILE'S SUMMER
IN OXFORD

书蠹牛津消夏记

（修订版）

王 强 著

商务印书馆
The Commercial Press

图书在版编目（CIP）数据

书蠹牛津消夏记 / 王强著. -- 修订版. -- 北京：商务印书馆, 2024. -- ISBN 978-7-100-24165-6

Ⅰ. I267

中国国家版本馆CIP数据核字第202409NL05号

书 蠹 牛 津 消 夏 记
（修订版）

王 强 著

———————————————

商 务 印 书 馆 出 版
（北京王府井大街36号 邮政编码 100710）
商 务 印 书 馆 发 行
南京爱德印刷有限公司印刷
ISBN 978 - 7 - 100 - 24165 - 6

———————————————

2024年9月第1版　　　开本 889×1240　1/32
2024年9月第1次印刷　　印张 7¼

定价：68.00元

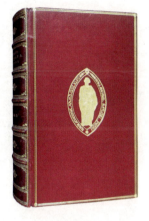

《伊利亚随笔（初编末编）及未辑文合集》
The Essays of Elia and Eliana

　　一九〇三年初版。扉页印芬登蚀刻的瓦格曼钢笔绘兰姆正面大半身像，极传神。兰姆身着大翻领西装，一头蓬乱卷发，满是胡茬的嶙峋脸上，一双眼睛忧郁地看着前方。此版自称是第一部"兰姆本人删改之文复原版"。

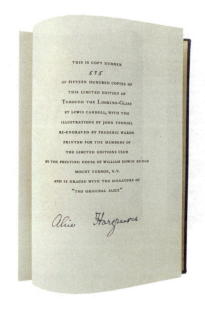

《爱丽丝漫游奇境记 / 镜中世界》

Alice's Adventures in Wonderland / Through the Looking-Glass

　　"真爱丽丝"爱丽丝·哈格里夫斯签名本。《爱丽丝漫游奇境记》，一九三二年初版；《镜中世界》，一九三五年初版。入藏的此套两册，编号均为五七五，这几乎是不可思议的巧合。两册又均有"真爱丽丝"笔迹色泽不同的签名更为难得。

《亚瑟王之死》
Le Morte D'Arthur

一九一〇年至一九一一年插画初版。此书底本为一四八五年威廉·卡克斯顿英译；英国著名版本书目学家阿尔弗雷德·W.波拉德编辑并转为现代拼写。入藏之册编号一七〇。

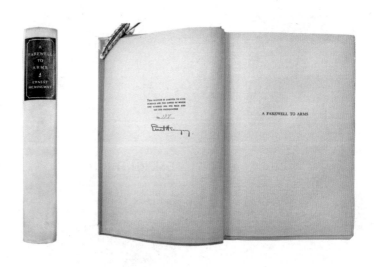

《战地春梦》
A Farewell to Arms

　　一九二九年海明威签名本。入藏之册编号一三七。此著乃海明威作品唯一限印初版本中唯一的签名版。极难得。《战地春梦》，评家誉为海明威"无懈可击的杰作"，其"乐流般晶莹剔透的文风"再无继者。

《尤利西斯》

Ulysses

一九三五年马蒂斯插画初版，马蒂斯、乔伊斯双签本。

《寻欢作乐》
Cake and Ale

　　一九五三年毛姆八十寿辰推出的插画编号限印版。在此版一千册印数说明及编号二六的下方，毛姆与萨瑟兰双用蓝色钢笔签名。正文前，有毛姆序八页，朱墨影印毛姆修改手稿四页（小说的头两页和最后两页）。

《十日谈》
The Decameron

一九二五年插画初版。约翰·佩恩英译，美国先锋派画家克拉拉·泰斯插画。此版印两千套，此套编号一五八八。出版商（亦是"现代文库"创始人）博尼和利夫莱特在卷首插画前的扉页签名。

《利西翠妲》

Lysistrata

　　一九三四年初版。此版阿里斯托芬喜剧《利西翠妲》，吉尔伯特·塞尔迪斯英译，毕加索插画。此版限印一千五百册，入藏之册编号一○四七。第一百一十八页印数及插画说明文字下方，毕加索铅笔签名。有趣的是，毕加索为此册匆匆签名时先是漏掉 Picasso 一字中的字母"a"，待签完名后发现，又草草将其补上。

序 一

俞晓群

　　"总算拿到书稿了！"那天晚上曲终人散，我独自站在京城街市上，眼前一片灯火辉煌，心中不住感念上天的垂青。

　　我喜爱王强的文字。大约是在三年前，我们在北京相会。我和他约定："写一本你读书和藏书的故事吧？"王强答应了。然后我们各自奔忙，他继续云游四方，消失得不见踪影。听说他在帮助万圣书园解决新房址，听说他与徐小平在做天使基金，听说他又在演讲、引来众人欢呼……我见不到真人，却可以在《中国合伙人》中，看到佟大为或邓超的演绎。

　　那么，这三年我在做什么？我做了许多事情，心中始终惦记着与王强见面时，他对我说的那句话："晓群，西方书籍装帧太美了！"所以这三年，我由追随牛津大学出版社，到与几个朋友一点点探索，一直在学习西方书籍装帧艺术的知识和技术。我知道王强是何等精细的人，总觉得他一定在暗处，不时观察我的努力，看我能行吗？会走上正路吗？我是憋着一股劲儿在做，为了不让朋友笑话，为了不让王强失望，为了最终拿到他的书稿。

　　这三年中，我做《听水读抄》时，他没出现；我做《伦敦的书店》时，他没出现；我做《随泰坦尼克沉没的书之瑰宝》时，他也没出现。但是，当我做维德《鲁拜集》之后不久，孔网拍卖《鲁拜集》真皮版之后不久，那一天在上海与朋友聚会，我一如往常询问："谁能找到王强？快三年没见了，他的书稿写好了吗？"突然，陆灏接话说："你赶紧找他吧，他的稿子有了，我有他的微信。"

就这样，我找到了王强，有了本文开头那场聚会。王强见面就说："晓群，你的西装书做得很不错。我跟陆灏说，三年前答应给晓群一本稿子，现在字数差不多了。"此时我才舒了一口气。

说起来我最初了解王强，来源于卢跃刚的报告文学《东方马车——从北大到新东方的传奇》，我尤其喜欢其中那段故事的描述：当俞敏洪母亲试图干预新东方工作时，俞敏洪跪在母亲面前，徐小平在一旁打圆场，王强却昂着头，目不斜视，从俞敏洪的身边走出去。那样的场面，那样的风度，十几年都刻在我的脑海中。

后来出版"新世纪万有文库"，有一天沈昌文先生来信说，有一套书应该重视，即"负面乌托邦三部曲"《一九八四》《美丽新世界》和《我们》；如果再加上《共同事业的哲学》，也可以叫"负面乌托邦四重奏"，可以收入"新世纪万有文库"，还应该出版单卷本。沈公告诉我，他是受到王强的书《书之爱》（后改名为《读书毁了我》）的启发，才提出上面的建议。这位王强就是新东方那位王强，没想到他读书也那么厉害。沈公一面对王强赞不绝口，一面提到王强书中讲述的另一本《书之爱》（*Philobiblon*），作者叫理查德·德·伯利。我们赶紧寻找原版书，由沈公请肖瑷翻译，在辽宁教育出版社出版。需要提到的是《美丽新世界》，沈公请李慎之先生写了序言《为人类的前途担忧》，后来我离开辽宁教育出版社，"新世纪万有文库"未能收入此书。

再后来我们与王强有了面对面的交往，时常在一起聚会，听他讲述书的故事。我亲眼见到沈昌文、郝明义等出版大家，在听王强谈论西方典籍时，也会认真聆听、记录，对他的博学广识赞不绝口。当然王强的才华并非仅限于此，我在辽宁教育出版社时，还为他出版过《王强口语》（*Speaking Your Mind*）三卷本。那时他在电视上做系列讲座，语音纯正浑厚，举止文雅大方，一时倾倒多少崇拜者。后来我离开了出版一线，没有办法再与王强合作，接触也渐渐少了。

二〇〇九年我来到北京，在中国外文局海豚出版社工作。二〇一三年下半年一天中午，我与沈昌文、陈冠中和于奇等小聚。王强恰好在京，于奇把他请来同坐。见面后王强立即谈到海豚的书，我没想到他那么关注我的工作，尤其是海豚与香港牛津大学出版社的合作，他很赞赏林道群的设计，以及我们共同推出董桥的系列图书。没过多久，王强又来到我的办公室，送上两本他刚出版的书《读书毁了我》，毛边本，其中一本送我，另一本托我送给沈公。正是有了这一段接触，才有了上述约稿的缘起。

旧情不忘，再续新枝。接着压力又来了，王强同意把稿子给我，但提出两点请求。一是他希望我能为此书写一篇序；再一是全书设计，他希望用西方装帧工艺制作，希望将乔叟《坎特伯雷故事集》里那匹彩色的小马，还有透纳所作牛津高街的画，放到封面上。他还希望能够订制一百本小牛皮的收藏版。

写序我答应了，反正是多年的老朋友，言语深浅都能彼此领会。至于书籍装帧，经过这些年的准备，西装书的许多技术问题，我们都能解决，只是在细节上还有不足。就说那匹"乔叟的小马"吧，从骑士到小马的装扮，五颜六色，要想精雕细刻，把它表现在书装皮面上，有两种办法：一是手工制作，用彩色皮革一点点拼图；再一是运用烫金版技术，每一种颜色都要单制一块版，然后套印。对于第一种方法，西方已经存在几百年，我们近百年引进西方现代出版，却没有引进他们的装帧艺术，我一直试图补上这块欠缺，近期还想派技术人员去伦敦学习。为王强的书，我们拟用第二种方法，即运用烫金版技术，对此我们曾经在仿制一百年前英国人桑格斯基设计一只孔雀的《鲁拜集》时，试过七种颜色，制作了七块版，一点点套印，但印出来的效果不理想，看上去有些山寨。即使这样给英国专家看，他们张大嘴巴，已经惊叹不已，说你们中国人什么都能做出来，但还是达不到手工的效果。怎么办？

　　恰逢此时，我的设计师杨小洲休假，他要带着女儿，自费去巴黎旅行。小洲对西方书籍装帧痴迷且疯狂，为了艺术追求，两年之内，算上这一次，他已经跑了四次欧洲，不顾囊中空空，不顾恐怖袭击，一定要到萨瑟伦书店去，一定要到莎士比亚书店去，一定要到桑格斯基传人谢泼德的设计公司去，找寻他心爱的书，寻找他中意的书装设计，寻找他梦寐以求的西方装帧技术。说来也蹊跷，上次见到王强，他说就在不久前，他也去过伦敦的萨瑟伦书店，书店老板还对他说："有一位中国海豚出版社的杨小洲来过，你认识他吗？"王强回答："不认识，但我认识海豚的老板。"这一次，我千叮咛万嘱咐，请小洲务必带回几匹"乔叟的小马"，一定要平面实物；实在不行，也要拍回高清图片。我们的设计，一定不能让王强失望。

写到这里，我心中有些兴高采烈，还有些戚戚然。回望人生，我尽毕生之力，做三十几年出版，有时夜深人静，常会思考：这些年忙忙碌碌，我在追求什么？论权贵，我不肯低就；论学养，我无法高攀；论才智，我没有挥洒自如的天赋。当朝花落尽、夕拾寂寥的时候，我靠什么达到心灵的安宁呢？

如今目睹王强的锦绣文章，它如漫天飞花，遍野舞蝶。实言之，以我人生阅历，这一切我尚能平静解读、平静面对。只是当我蓦然读到《王强谈创业：向死而生，随心而定》，这篇貌似励志的文章时，它却意外地打动了我的心。在这篇文章中，王强由海德格尔《存在与时间》引发，从"向死而生"的人生哲学入手，谈到企业家创业的三个层次：一是在所谓医学意义上，企业正常的生生灭灭；二是在哲学与宗教层面上，企业向死而生，不屈不挠的精神；三是即使一切都归于失败，一个企业家怀有奉献社会的抱负，也无愧于一生的追求，或曰死得其所。

读到这里，我私藏情感，暗暗涌动，不自觉间，眼中竟然落下滴滴热泪。好了，算是我触景生情，算是我这一番读写王强的偏得。

二〇一五年十二月十三日

序 二

毛 尖

　　小学同学张小军，卖了三十年水果，还在解放桥下练摊。我们去他水果店坐，他热情地招呼我们吃冰镇西瓜，很阔气地把西瓜瓤劈了个正方形端上来。我们奇怪他做了老板还亲自坐镇，一地的西瓜也不摆放得高大上一点。这个时候，几个姑娘过来，她们弯腰挑西瓜的时候，我们突然明白小军的坚持了。

　　在花枝招展的姑娘们身旁，傍晚的红霞在裙子深处燃烧，我们知道，即使与帝王换位，张小军也不愿俯就。

　　想到张小军，是因为读了王强文章。

　　二〇一三年在饭桌上见到王强，当时我还有点尴尬。之前《中国合伙人》上映的时候，因为看不惯一个美国梦被抒情成中国春梦，所以写影评讽刺了三个油光水滑的偶像主人公以及他们的原型，也就是新东方的三巨头。而那天饭桌上就坐了两巨头，徐小平和王强，说良心话，虽然王强和徐小平跟邓超和佟大为有距离，但驰骋疆场二十年，他们算得上水滑。徐小平很亲切，王强很斯文，甚至他们还真诚地赞美了我的影评，搞得我跟布努埃尔似的，本来口袋里放着些小石头，准备丢给不友好的观众，没想到他们鼓了掌。

这样就认识了。临走，王强还送了一本他自己的书：《读书毁了我》。书中呈现出来的王强跟反复出现在各大经济领袖论坛中的王强好像没有什么关系，毕竟，在我们老百姓朴素的初级阶段理解中，进入富豪榜的男人光谈书，就像梁朝伟只演盲人一样。红尘滚滚，人头马不是应该有更多艳遇、更多故事、更多缠绵悱恻、更多欲罢不能吗？如果这个世界的电影、电视剧还残存一点现实主义，那就是高帅富的人生戏码从来更跌宕，但王强的剧情主线在哪里呢？

在《书蠹牛津消夏记》中。

王强自称书蠹，倒是童叟无欺，光是文章标题，就篇篇涉书。不过，书海悠游，我们只看得到小丽或者玛丽，王强却能直接敲开爱丽丝或者血腥玛丽的门，甚至，把她们带回家，如此，看王强的文章，时不时给我一种从来没真正看过书、摸过书的感受，因为他是住在牛津宿舍听着牛津的风穿过房间然后打开《伊利亚随笔》品读兰姆的《牛津度假记》的；因为他是摸着劳伦斯的签名打开《查特莱夫人的情人》初版本的。虽然他跟我们一样没见过莎士比亚，没见过简·奥斯汀，但是他摸过从古至今各种皮质、各种版本收藏着最接近莎士比亚，最接近简·奥斯汀意图的装帧和插画。

芸芸众书，佳人一样走到黄昏的灯下，等候王强的检阅，他走上前，看到伯索尔（Birdsall）十二卷本的查尔斯·兰姆（Charles Lamb），电光石火间，老板捕捉到了他的震撼。老板说，如果你喜欢，半价拿走。王强怀疑自己听错的刹那，却绝望地发现，缺了第二卷。后来他狠心没买，因为他知道，倘若带了残卷回家，终他一生，都会寝食难安。

要不所有，要不没有，表面是刚烈，其实是淫欲，而能如此抒情地袒露自己的淫欲，就是王强了。不过，如果《书蠹牛津消夏记》只有这一面，那这本读书记就太强，王强最打动读者的地方是，他的文风非常朴素，就像他愿意极为坦率地承认，淘书最大的乐趣就在于以合理的价钱买到有真价值的书，也就是说，本质上，他愿意读者当他张小军，他跨山涉海地走到一个书店，跟我们一样，也是为了突然到来的姑娘的一次弯腰。

不知道是不是这点率真，让王强在向我们展示他的收藏，类似他的达利插画签名版、草间弥生插画版《爱丽丝漫游奇境记》时，我们从来不觉得他炫富。那一刻，他就像玛丽莲·梦露一样，只是刚好站在了地下铁的风口，我们只看到她的纯洁，只看到她和生活之间的全部欢愉，那些赤裸裸又灿烂烂的欢愉。这些欢愉，和着书中多次出现的图书馆报时铜铃声，让我们感受到一个读书人的最高幸福。

这种幸福，是王强的剧情主线，其中有万千艳遇，其中有无数故事。

二〇一五年十二月八日

目　录

轮回

谈海外访书三十年

作为新东方联合创始人及真格基金联合创始人，王强为大众所熟悉的身份是企业家、投资家；实际上，他更喜欢别人当他是读书人和藏书家——业余的。自二十世纪八十年代求学北大以来，无论是负笈美国还是返国创业，对读书、访书、藏书，王强始终念兹在兹、乐此不疲，至今已三十年。他爱书、知书的逸闻，在友人中广为流传，如徐小平就说，他曾请王强为两个英国留学生带回的一本一九一〇年版罗素《论文集》估价，王强定为五百英镑，一加核对，毫厘不爽。最近，王强新出了一本《读书毁了我》，这篇访谈（《上海书评》，二〇一三年一月二十日），说得上是他为书下的一个长长的注脚。

郑诗亮：过去您主要是靠东奔西走来淘书。但现在网络这么发达，只要财力允许，任何人可能花一个下午，就能换来您十多年工夫方才集齐的藏书。面对这种变化，您的心态如何？在网络时代，奔走淘书还能带给您过去那样的乐趣吗？

王强：我觉得心态有变化又没有变化。所谓有变化，当然就是网络时代能让你非常快地找到心仪的书，效率很高。我买西书比较多，经常用 Abe 旧书网（AbeBooks）这个网站。今年我看到亚马逊（Amazon）也逐渐有旧书商上去了，但目前书商的数量还没法和 Abe 旧书网比。还有一个卖旧书的网站叫阿里伯里斯（Alibris）。我从网上买书基本上是这三个渠道，速度非常快，而且如果书商把内容、版式、品相描述得非常精准的话，往往还是可以的。但依照我这些年的经验，有些书商不那么细致，有时他说书里面没有标记划痕，但我收到书后发觉状况非常差。每个书商对品相的理解，诸如什么叫 collectable（适合收藏），什么叫 very good（品相极好），什么叫 good（品相良好），什么叫 acceptable（尚可接受），都是不一样的。有的人写上 brand new（品相如新），你心花怒放买回来，发现状况离"品相如新"差得很远；有的人说书里面没有划痕，你买回来一看，实际上书商并没有仔细地翻每一页，划痕在书中间藏得很深，而且划得非常糟乱，把整本书都给毁了。本来心情很好的，一下子就跌到了谷底。

有些我经常去的书店，因为我相信他们的品位，相信他们对书的判断，所以常常上他们的网站买书。比如，纽约那家斯特兰德书店（Strand Bookstore）。曼哈顿五十九街有家书店叫阿尔戈希（Argosy），知道的人并不多，但它是一家存在快九十年的老店。这个书店我也非常信赖。它的网页上的信息全且可信，我看过以后能在脑子里马上想象出书大致是什么样的。对我来说，网购就这两类：一类是前面说到的我非常熟悉的书店，看到一本书，可以毫不犹豫，眼睛都不眨一下，包装、运输都有保障；但另一类，像 Abe 旧书网、阿里伯里斯和亚马逊上面个体书商的品位、对书的包装天差地别。有时，你订了一本书很兴奋，但书收到后却感到非常地 pissed off（失望）。网络时代购书真是个喜忧参半的体验。

这个体验和前网络时代有什么区别呢？我的心态经历了变化。一开始，看到心爱的传统书店纷纷倒闭，我感到伤心。互联网刚开始跟书店抢生意的时候，我跟书商聊天，问生意怎么样，他们一个个唉声叹气，觉得这下要完了。我也觉得真是完了。但这几年，我发现，在英国，在美国，有些旧书商反倒死而复生，开始在全球范围内卖书了。连他们都没有意识到，互联网既然取消了顾客亲身走进书店的必要性，无形中也就把顾客的范围无穷地扩大了。

我对网络时代购书体验的思考，也是根本性的兴奋之处在于："网络"彻底打碎并重建了"书店"这一古老的传统概念。亚马逊成了名副其实的"世界书局"，其颠覆性不亚于谷歌志在成为第一个没有围墙、没有公众阅览室、没有出借柜台，你既是馆长，也是馆员，更是唯一读者的"世界图书馆"。"书店"时代是见到什么才能买到什么。"网络"时代是想到什么几乎都能买到，甚至能免费获得。有时根本没想到的，也会"一网打尽"。如果上升到哲学高度，西方人这种对"编目与集藏"周而复始、历久不衰、近于病态的痴迷（a "giddiness of lists"），小说家、符号学家艾柯（Umberto Eco）有个概括挺符合我迄今体验到的意义：过去一本一本借助机缘才可斩获的星星点点，终于在网络里凝聚成了意图清晰的庞大的个性的"精神版图"。对仅仅从网络购书的人，网络不过是一条实用便捷的途径；而对读懂网络、把网络化为现实存在的一种全新体验的购书人、学人，网络为他们不动声色地构筑出"目录的诗学"（a "poetics of catalogues"），网络为他们提供了"书目的无边无际"（the infinity of lists），网络将他们从搜求的"有限性"中解放了出来。

郑诗亮：这就回到了一个最基本的问题：国内外的书店有什么区别？您去过国内外这么多书店，能具体谈谈吗？

王强：在我看来，国内大部分所谓"独立书店"，恐怕在互联网的冲击下都会倒闭，而国外的"独立书店"反倒会生存得很好。国外倒闭的都是大型的连锁书店，如博德斯（Borders），它一直在扩充实体店，结果从美国到加拿大，一下全倒了；另一家大型连锁书店巴恩斯与诺布尔（Barnes & Noble）在美国许多大城市也在收缩，但它存活的概率是很大的。这家书店之所以没有步博德斯的后尘，就是因为它有先见之明，很早就开始上网卖书，抢占了先机。某种程度上，它是一个小亚马逊，同时它还是个出版商。我说中国的"独立书店"大部分会倒闭，不是有意泼冷水，对此我非常痛心。我主要想呼吁书店的经营者注意一点：倒闭的书店，都是它们所经营的书和网站所销售的书区别不大的。书店的问题不是靠小情小调就可以解决的。算上房租、运费、人力成本，你的价格没有任何优势。网站还经常打折。交通也是个问题——北京赶上堵车，你到一家书店得花几个小时。网上买书，只需要点一点鼠标。如果你的内容和当当、亚马逊、京东没有区别，根本没办法竞争。所以中国"独立书店"的经营者得改变一下思路，经营一些真正有特色的书，避免和网站正规军直接对抗，再点缀一些情调，是可以活下来的。经常有人抱怨，说中国人怎么不读书，说我经营这么高尚的事业怎么没人理睬。其实有一点他没弄明白，消费者的钱是有限的，得发挥最大的功效。一本书在书店比在网上贵百分之十、百分之二十，你让他去你那儿买，只能是一种道义上的支持，靠这个没办法真正和人家去竞争。我曾跟刘苏里开玩笑，说我会一直去你那儿买书，买到你办不下去为止。万圣书园新开张的店面是我想办法托人帮他解决的。不为别的，就为还能有个实体书店在。但我这样铁了心要做"书店"时代最后购买者的人毕竟是少数。

以前我担心美国一些远离城市的书店会活不下去。现在我发现，因为网络的发达，他们甚至可以搬到更偏僻的地方，只要有快递就行。我跟很多书商聊过天，现在他们三分之二的书的销售是通过互联网，而且这个三分之二的基盘也比以前要大得多。实际上现在走进书店买书的人已经不太多了，但经营书店是要有仓储的，独立小书店就把店面变成仓库，把以前的"前线"变成"后方"。既然如此，当然是找便宜的地方。反正现在通讯、交通这么发达，你爱来就来，不爱来上网买就行了。而他们之所以过得这么滋润，是因为他们卖的书和主流越来越不一样了，做出了自己的特色。比如，你亚马逊什么都卖，可我专门经营地图，从古到今应有尽有。顾客一比较就会发现，亚马逊都是大路货，地图这个专题还是得上我这儿买。所以，在我看来，"独立"（independent）的精髓全在"独特"（unique）这两个字！避开主流、坚持小众、善用网络，这是"独立书店"生存的最大秘诀。国内的"独立书店"，不仅要和大网站拼，还要和"新华书店"系统拼，这怎么拼得下去？

郑诗亮：有哪些您喜欢的有特色的小书店，能与大家分享一下吗？

王强：前面说到一家书店阿尔戈希，它所在的曼哈顿五十九街可是黄金地段。他们已经是第三代经营了。前两代在曼哈顿这个寸土寸金的地方把房产给解决了，不存在房租问题。有先见之明。现在的书店有四五层高，规模非常大，仅次于斯特兰德书店，再加上网络销售推波助澜，过得不错。其独特性在于：它宣称是卖古本、珍本，但专门有两层是卖老图片的。其中既有很多十七、十八世纪直到二十世纪早期的珍贵图片，也有便宜的。吸引很多人去看。因为数量大，不可能全在网上展示，只能实地去看。我到了那儿经常翻翻看看，半天很快就过去了。这是亚马逊不可能做到的。而且斯特兰德和阿尔戈希这些书店还有一个特色：它们会根据作家做一些专题。也不是拍卖，就是展览式地卖。你对一个作家感兴趣，可以连带着把这个主题下所有的东西都看一看。比如狄更斯这个主题，既有手稿，又有签名本，还有早期杂志上他画的插画，很过瘾。坦率地说，从网上买旧书，敢下大价钱的时候还是不多。昂贵的珍本书，我自己是必须一页一页地翻看，生怕有一页是残的，到旧书店亲眼看看这种主题式展销是最稳妥的。

郑诗亮：几年前看过一则消息，说您的个人藏书有近五万册之多，现在大概已经不止了吧，您统计过您的藏书数量吗？

王强：我从没统计过我的藏书。实在没空。我在北京的家和在美国的家都堆满了书。既然你问，我粗粗描述一个大致吧。我在美国的家里，五六格的书架，一个横格大概能装近百本。我都是双层放，有的时候竖着躺着把格子撑满。珍本书可千万别这样放！我有四十个这样的书架。这些书架上的书都是我常读的。还有几十个大塑料箱封起来的不大常读的书放在地下室里。这些书都是我一九九〇年第二次到美国后买的旧书新书。我在北大十年买的书出国时卖了很多，就海运了一立方米的汉语著作，全是第一手资料，比如"二十四史"、《资治通鉴》、《四部丛刊》这一类书。我国内的书也很多。民国的几大丛书、类书，《四部备要》《四部丛刊》《丛书集成》《古今图书集成》，我都有了，当然这些都是写作时备查的影印本，算不得珍贵。

　　古董意义上的中文古籍我是不大买的。国内我唯一买过的一套称得上古籍的（英国人把超过五十年的东西都叫作 antique，即"古董"），是在天津古籍书店买的一套《说部丛书》。其中有很多林琴南译的小说，不全，有一百来本。稍微好一点的古籍现在都是古董了。我藏书还是以读为主。自己也就是个业余读者、业余收藏者。我不是学界中人，也不研究版本目录。平时做的工作与书完全沾不上边儿。以前做新东方，现在和徐小平做真格基金，与年轻创业者共同做梦。工作之余，机场里飞机上，睡觉之前，马桶之上，才是我与书籍亲昵的时候。用读书填补时间，这是我三十多年来一直割舍不掉的嗜好。我国内的藏书虽然以汉籍居多，但我从来不参加拍卖会。古董我是不收藏的。一来古籍的专题现在不可能收全；二来这种奇货可居的状态我最讨厌，因为淘书最大的乐趣就在于以合理的价钱买到有真价值的书，运气的成分在其中起大作用。一本古籍标价百万，有钱的谁都可以去竞拍，这个乐趣就没有了。这不是真正读书人干的事儿，这种机会我宁可错过。讲一个例子说明我的态度。

董桥《绝色》中提到名装帧坊伯索尔的十二卷本查尔斯·兰姆。真皮镶彩色皮画封面那一套。我曾在英国一家珍本书店看到过这个版本，一模一样，很贵，要近万镑。我当时还没读过董先生这本书。伦敦一个雨天，走进这家老牌书店的地下室，一眼就看到放在木地板上的这套书。亮枣红色皮面，金线钩边，那叫震撼！老板看懂了我燃烧的眼神，说如果你喜欢，可以半价拿走。正当我狐疑他为什么肯半价给我的时候，绝望地发现，其中第二卷没了，这套书是残的。换作他人可能会想，能以半价拿下剩下的十一卷，已经是造化了。更何况老板说，如果愿意买下这套残编，还可以搭送另一个版本的兰姆文集给我。最后我还是狠心没买。我问老板为什么会独独缺了这一卷。他说，他父亲以前开店的时候，还不懂得利用现代化的监控手段，觉着世上爱书之人个个是正人君子。这套书偏不巧被某个雅贼顺走了一册，从此沦为残编。他父亲后悔不迭，一辈子都没缓过精气神来。到了他手里，书店各个角落都装上了高清摄像头——但无论怎么监控，那册兰姆就是回不来了，它永远消失在了伦敦的烟雨中。我对老板说，你知道我为什么不能买它吗？我把这套书抱回家，直到生命的终点，一定会天天记挂这消失的一卷兰姆。这会让我失去阅读其他所有书的乐趣。我会天天琢磨它，会寝食难安。除非我亲眼再见到它，亲手摸过它，知道它经历了哪些故事最终又回到我手里得成全璧，心灵才能获得彻底解脱。为了不让自己深陷执着沉迷的无望，我必须割爱。对藏书的人来说，一套书如果残缺不全，那可真是太难受了。完美完美，不完，也就不美了。

我有一套"勒布古典丛书"（Loeb Classical Library），出到今年（二〇一二年）是五百二十本。很多学者对"勒布古典丛书"嗤之以鼻，认为这套书校订不精，翻译不准。但你看钱锺书一辈子细读这套书，《管锥编》的注脚里引用了多少。"勒布古典丛书"已经有一百年的历史了。以前是英国的海涅曼（Heinemann）、现在是哈佛大学出版社（Harvard University Press）出，应该是能够代表学术品位、具有权威性的。所以我也懒得理会那些"洁癖"学者的"高见"。其实，真能静下心，一册册认真读完这套书，这辈子也算没白白浪掷给这个尘世。这套书我是直接从哈佛订的。想一本一本搜齐全套，实在不容易。高峰枫在《上海书评》发表的文章不就说吗，哈佛的方志彤先生收齐一套"勒布古典丛书"，竟然花了大半辈子的工夫。那个时候没有网络。现在有了网络，直接向哈佛大学出版社订就容易多了。

我还藏有四百多本"现代文库"（Modern Library）。虽然这套书总体出了八百多种，但它每次推出的一批也只印三四百种。"人人文库"（Everyman's Library）我只收集了一半，近五百种，收齐的话得有一千种。剩下的那些还没收齐的书，我真是天天惦念着。到中国香港，到美国，到英国，到新加坡，到加拿大，只要进书店，总要找找这三种丛书有没有我还没买到的。这三套丛书加起来有一千五百多本。其他的我就没数过了。其实，收藏的数量真不重要。

郑诗亮：您的西文藏书这么丰富，其中珍本、善本应该不少吧？

王强：我的西文藏书绝大部分放在美国的书房。这里只能凭记忆说说我喜欢的珍本、善本了。我喜欢一个作家的话，总要努力把相关著作尽可能收全一些。像伍尔夫，她的小说长篇、短篇有十一二部。我从英国买来一套她小说初版本的全皮重装本，名装帧坊装帧，一色的深蓝烫金。《达洛卫夫人》(*Mrs Dalloway*) 是一九二五年；《到灯塔去》(*To the Lighthouse*) 是一九二七年；《岁月》(*The Years*) 是一九三七年……狄更斯我在伦敦买到一套弗朗西斯·梅内尔 (Francis Meynell) 出的小说全集初版本，二十四卷。梅内尔是英国诗人、大装帧家和出版家。一九二二年他在伦敦创办了一家叫作 The Nonesuch Press (字面义为"绝无仅有书坊") 的私人书坊 (private press)，跟威廉·莫里斯 (William Morris) 的凯尔姆斯科特书坊 (Kelmscott Press) 性质一样，出版版式极其考究的书籍。我这套品相堪称完美。参观狄更斯故居，我见到地下室里的玻璃书柜收藏了多部有代表性的、跟狄更斯有关的出版物。小说全集收了几套，其中就有这一套。这套一九三七年初版的《绝无仅有版狄更斯》(*The Nonesuch Dickens*)，在所有现代出的狄更斯小说全集中，是最有艺术性和收藏价值的，被誉为所有狄更斯全集中"最完整和最漂亮的版本"。这几年美国有家大出版社——似乎是巴恩斯与诺布尔，我记不确切了——在陆续重版。英国也在重印。

至于其他作家，兰姆我有五六个版本。简·奥斯汀小说全集十卷是大名鼎鼎的里维埃（Riviere）皮装的，亮亮的红色气派得很。莎士比亚最早的 folio（对折本／对开本）早已成了天价古董，我买不起也没兴趣，但从十九世纪开始一直到现在，凡是学术上有定论的、获得学者好评的全集版本我基本都有，放了整整三个书柜，将近二十种。其中有一套《新汇评汇注版莎士比亚》（*A New Variorum Edition of Shakespeare*），出了将近两百年，至今还没出齐，只出了诗和二十几部剧。美国的"现代语言协会"（Modern Language Association，MLA）在继续出。这套大书当年开编的时候，试图网罗穷尽所有对莎剧的评论、诠释，所以叫"汇评汇注版"。已经出了的二十七卷我都有，但后续的什么时候出来就不知道了。老外较真儿，弄个三五十年的也在情理中，哪像我们这里的速度。还有一套我特别喜欢的莎翁全集，每剧的引论都由丹麦大批评家勃兰兑斯来写，这个版本非常有意思。

英国十九世纪末二十世纪初有个最著名的插画家叫阿瑟·拉克姆（Arthur Rackham）。他插画的皮装初版本，我收藏了十一二本。董桥也非常喜欢这位插画家，在散文中多次提过他。还有一套《哈代全集》，三十七卷，深蓝色烫金布面精装，一九一九年至一九二〇年麦克米伦版。最难得的，是第一卷扉页有哈代的亲笔签名。这些年我在国外各地只见过这一套。这套书印数应是五百套，有哈代签名的不多。《蒙田散文》三个著名的英文全译皮装、精装本最是贴心。那套十五卷本《马修·阿诺德全集》，二十世纪初英国的印品，深蓝色烫金布面精装，毛边，一九〇三年麦克米伦版，现在翻起来还新得下不了手。十六卷《小泉八云全集》，共印七百五十套，我所藏的编号为三九四，霍顿·米夫林

（Houghton Mifflin）出的毛边初版本，印得堂皇之至，大部分书页根本就没裁开过，新得养眼。我想，如果这一大套书终究要被裁开的话，还是让我来完成吧。还有一套《小熊维尼》（Winnie-the-Pooh），插画初版，四册皮装。董桥在《最后，迷的是装帧》这篇文章中也曾提起这套书，说是此版收全四册"不容易"。那我算是幸运了。

郑诗亮：我们知道，藏书家一般都会进行专题收藏，您有哪些专题收藏呢？

王强：书话类的书我收了不少。我最喜欢一位名叫托马斯·弗罗格纳尔·迪布丁（Thomas Frognall Dibdin）的书目学家。对爱书人来说，他是藏书者的引路人，是不可跨越的大人物。后来的霍尔布鲁克·杰克逊（Holbrook Jackson）写《爱书狂之剖析》（The Anatomy of Bibliomania）就受迪布丁的影响，当然罗伯特·伯顿（Robert Burton）的《忧郁之剖析》（The Anatomy of Melancholy）是他直接的灵感源泉。我有迪布丁著名的《爱书狂》（Bibliomania; or Book-Madness），一九〇三年版，褐色皮装竹节书脊，烫金毛边，四卷。叶灵凤在其《读书随笔》里提到过迪布丁。他转述说，迪布丁的这本"小书"写得很有意思。之后，我见到后印的版本，惊讶地发现书是大三十二开的，加索引有一千多页，无论如何也不能算是"小书"。大约叶先生是看到别人的转述或者是文章的节选，才会误以为这是本"小书"，除非他真是从极罕见的初版一刷读到并翻译的（此书一八〇九年伦敦初版一刷，确是本八十八页的薄薄小册子。两年后的一八一一年二版一刷，迪布丁即将其增补至一册七百八十二页的巨编，加入了大量印刷史上珍稀的书籍版式、插图的图版）。

我有整整一柜跟园艺（Gardening / Garden）有关的书。这倒不是因为我要钻研园艺。我对技术层面讲授如何种花种草的书没兴趣。我只是对园艺文化方面感兴趣。爱读与它相关的掌故逸闻和哲学沉思。我因为学英美文学出身，受英国人的影响很深。我喜欢那些谈园艺中涉及神话起源、历史、文化方面的书。柜里有一本教拉丁文的书，专门拿植物的拉丁名来讲。还有一本书用古希腊罗马神话解释花草名字的由来。这样的书我读得津津有味。其他跟鸟兽虫鱼有关的书，我全归到园艺这一类。像沃尔顿（Izaak Walton）的《垂钓高手》（*The Compleat Angler*，又译《钓客清话》）、怀特（Gilbert White）的《色耳彭自然史》（*The Natural History of Selborne*）和美国鸟类学家奥杜邦（John James Audubon）的文字和手绘图谱等著作，我收了不少好版本。闲来没事翻翻这类书，好像自己在书架前就变成了一个了不起的园艺师（gardener）。其实，充其量不过是个空想的园艺师（armchair gardener），纸上爽爽而已。

还有一个专题是 Erotica / Curiosa，也就是情色方面的经典。比如十九世纪法国皮埃尔·路易（Pierre Louÿs）的法文插画本和英译本，比如理查德·伯顿（Richard Burton）译的《香园》（*The Perfumed Garden*），还有印度的《欲经》（*Kama Sutra*）等。我书架上有一本把历代情色诗歌汇集起来的诗集，从古希腊罗马一直到二十世纪初，凡涉及情色的不同种族的诗歌代表作它都尽收其中。很难得。性学（Sexology）方面，霭理斯的《性的心理学研究》（*Studies in the Psychology of Sex*）七卷本我有两套不同的版本。与《香园》《欲经》相似的著作我也收了一些。我这方面收藏受周作人、周越然影响很大，偏重人类学、民俗学、历史文化。奇风异俗方面，镇架之宝非弗雷泽的十二卷本《金枝》（*The Golden Bough*）莫属。我有两套完整的麦克米伦一九一五年出齐的，精装、每卷墨绿色封面烫金印一丛金枝、毛边未裁的第三版。跟这个专题接近的是医学史，代表性的著作收了不少。还有一些巫术、妖术史方面的著作——这是受弗雷泽的影响。

艺术类的著作有三大柜。画册不多，多是涉及理论、历史方面的有定评的著作。史怀哲的巨著《巴赫》（*J. S. Bach*），迟迟不见中译，德文本和两卷英译本却是我书架上的爱物。

我书架上的书按历史大时段排列。古希腊罗马两三架，中世纪两三架，文艺复兴、宗教改革和启蒙运动各一两架，英国史两架。与每一个时代相关的，有定评的著作，我基本都有。这就不限是收藏珍本（Rare Books）了，而是以学术研究著作为主。十九世纪大史学家，像兰克三大卷《宗座史》（*History of the Popes*）、格罗特十大卷《希腊史》（*History of Greece*）、蒙森五大卷《罗马史》（*History of Rome*）等都立在架上。吉本当然跑不掉，他的文笔我欣赏至极。《罗马帝国衰亡史》（*History of the Decline and Fall of the Roman Empire*）我有五六种版本，从皮装的到现代精装的。说到启蒙运动，我有一套伏尔泰全集的英译本，精装毛边，二十世纪初的印品，其中收了完整的《哲学辞典》（*The Philosophical Dictionary*）十卷。伏尔泰的哲学词条包罗万象、渊博幽默犀利，我拿起来就难以放下。国内只出了两卷节选本，选译了若干词条而已，全编怎么盼也盼不到。丘吉尔的著作我收了不少，占了整整三格。我买了一小尊胖胖的他口叼雪茄的陶制立像，放在书架上他的著作前。看着丘翁，哪儿还有什么尘世的烦恼？

我在书房里单辟了个"诗人之角"。英国文学史上自乔叟起的主要诗人的诗全集精装本，收集较齐备。还有整整一屋我喜欢的重要作家的传记、自传、书信和日记。入夜，这间藏室简直就是我和古今文豪倾心交谈的温馨沙龙。

郑诗亮：您在《猎书者说》里面提到，周作人、钱锺书这类渊博学者的著作，是您"猎书"的地图和指南。除此之外，您还将哪些中外学者作为您的地图和指南？能介绍一下您的猎书秘籍吗？

王强：中文世界里，钱锺书对我的影响最大。此外还有周作人、周越然、叶灵凤、梁遇春等。西文方面，我爱读伍尔夫。她在散文、书信、日记里提到的书，能买到的我会买来看看。事实上，凡是英文学术类的书，都是我信赖的"猎书地图"。因为，按照西方学术规范，引用是要出注的。我就根据注脚、引书书目，按图索骥。也有专门的目录。收集"现代文库"就有本好的参考书：亨利·托莱达诺（Henry Toledano）的《现代文库价格指南》（*The Modern Library Price Guide: 1917-2000*）。收藏"人人文库"，至少有两本参考书，特里·西摩（Terry Seymour）的《人人文库收藏指南》（*A Guide to Collecting Everyman's Library*），以及《人人文库读者指南》(*The Reader's Guide to Everyman's Library*)。后面这本书很多书商都没有。在外面跑了这些年，我只见过几个书商架上有这本书。而我十几年前在西单的中国书店竟找到了一本，品相特别好，书衣完整。二十几年来，搜寻"人人文库"，靠的就是这册最精准的"地图"。这本书购于国内的唯一见证，是书的最后一页背面用蓝色圆珠笔歪歪斜斜写的两个中文字"指南"。

总的来说，bibliography，也就是著者文章、著作、译作、收藏品的"总目"，是我按图索骥的"秘图"。心仪作者的著作前面已经说过，此外还有两类。第一类是单独刊出的书目，如我藏有的十二卷《剑桥英国文学史》(*The Cambridge History of English Literature*)另行发行的庞大的"书目总汇"。第二类是著名藏书家的收藏"总目"，如我藏有的罗森巴赫(A. S. W. Rosenbach)的收藏"总目"(*The Collected Catalogues of Dr. A. S. W. Rosenbach, 1904-1951*)与纽顿(A. Edward Newton)的收藏"总目"(*The A. Edward Newton Collection of Books and Manuscripts*)等。

郑诗亮：您这些年买书的开销应该不小吧，有没有算过呢？

王强：我买过的书，每册从几美元到几千英镑都有，再贵我就没兴致了。说到藏书，身边总有人问，你要挣多少钱才买书？这太外行话。当你有钱才想到买书的时候，已经离书很远了。我觉得，对真正爱书的人，永远不要问他两个问题：这书你花了多少钱？你买的都读过吗？这话并不是冲你的问题来的，实在是想提醒给谈书大众的一句心里话！至于具体开销多少，我不像鲁迅，没有记书账的习惯，买书完全是兴之所至。举个例子好了。一九九〇年我第二次刚到美国的时候，那年圣诞节，我和太太银行户头上只有二十九美元。下馆子当然不行，买礼物也还是嫌少。我太太知道我的心思，就说，算啦，去书店挑本你喜欢的书，算是过个精神的圣诞吧。我选了本印装不错的《白鲸》（*Moby-Dick*）。对我来说，遇到一本心仪的书，省吃俭用，一两年内其他别的开销统统砍掉，也要把它买下来，这再正常不过了。所以我才说，"这些年我进过的书店不下于进过的餐馆"。宁可不进餐馆也要进书店。我对吃要求很简单，常常在书店附近找家便宜小馆子就解决了，因为没时间嘛，一进书店就想泡在里面一直待到打烊，哪有工夫考虑肚子呢？

郑诗亮：旧时读书人往往久而久之和书商成为朋友，留下许多佳话，请问您有类似的经历吗？您能与大家分享一下与书友的故事吗？

王强：我喜欢亨利·詹姆斯，曾在英国见过一套他长短篇小说的全集皮装版，要价近两万英镑。那时我没什么钱，就错过了。二十世纪六十年代，费城的 J. B. 利平科特（J. B. Lippincott）出了套詹姆斯研究权威利昂·埃德尔（Leon Edel）编辑的《亨利·詹姆斯中短篇小说合集》（*The Complete Tales of Henry James*），除几部长篇，剩下的小说全汇于此编。这个版本我曾经在费城一家旧书店买到八本，没有书衣，品相一般，总觉得是个遗憾。

说来也巧，前几年到美国，我去逛常去的一家旧书店，忽然看到架上放了一套齐全的十二卷本《亨利·詹姆斯中短篇小说合集》，品相之好，像在梦中见到的，半天不敢相信自己的眼睛。这家书店有两位店主，一位较年轻，一位上了岁数，约莫七十多岁的光景，平时不苟言笑，我每次去的时候他总坐在那儿写写画画。有一天，年轻店主告诉我，老先生前几天过世了。过世前几个星期，他对前去看他的年轻店主说：把我一直守着的那套亨利·詹姆斯散出去吧，看哪位感兴趣的读者有幸得到它。我这才知道，老先生是詹姆斯迷，一辈子都在读詹姆斯。年轻店主说：终身未娶的老先生每天打烊回家饭后睡前总要读读。他爱詹姆斯，也就格外爱惜他的书。读了那么些年头，书衣还完好如初。这套书在架上放了一个月，人碰都没碰过，加上老先生手批过的利昂·埃德尔五卷本《亨利·詹姆斯大传》现在一并归你，带回去接着往下读吧。这套书他几乎是半卖半送地给了我。

在国外买书一定要去书店看看，因为书店有浓浓的人情味儿。有些我特别喜欢的独立小书店，哪怕开车走几个小时，哪怕只能选到一两本书，我也要定期去看看，向他们表达敬意。当然围绕着书的敬意永远是相互的。店主看到我自然也高兴。说个小插曲吧。上次我和徐小平去伦敦一家叫作萨瑟伦（Sotheran's）的书店买书，这家店上下两层，坐落在皮卡迪利广场（Piccadilly Circus）大街边上，有两百五十年的历史，是英国王室购书的定点书店。进店没一会儿，店主就指着我悄声问徐小平，这人是干什么的？徐小平反问，你觉得他是干什么的？老板说，看他从架上取书、翻书，手法很专业，他应该是个书贩子。原来，架上那些珍本，怎么取下来，怎么用手翻书页，怎么将其归架，都是大有讲究的。

稍不留意，就把书弄坏了。店主心疼他的宝贝，眼光自然会像探照灯一样紧紧盯着你，烧得你缩手缩脚。你必须赢得他的信任，让他对你放心，对你产生敬意，接下来的时光才会完全属于你。他会如释重负地去逗他的猫，或者坐下来写点东西，读他的闲书。在书店逛的时候，为了能早些赢得自在，我常常故意走到书商眼前，取下一本较贵重的书，"露一手"给他看，让他感到我爱他的书丝毫不亚于他，他也就彻底放松了。

再提两件难忘的事。那年我刚到纽约不久，有一次，在一家旧书店买了一套芝加哥大学出版社与大英百科全书出版社联合推出的《西方大经典》(*Great Books of the Western World*)。这套书五十四卷精装，要价不到三百美元。痛快买完我才犯愁了。我住布鲁克林，这可怎么运回去呀？我穷学生一个，还在打工。花运费舍不得，打算把这套书硬扛回去。老板是个粗壮的中年人。他见我愁眉不展，说你等我一会儿。当时店里没人，他也不说去干嘛。那天下着雨，十五分钟过后，他推着一辆可折叠手推车从附近超市回来了，雨淋得他透湿。他用好几层塑料布帮我把书包好，一沓沓放到车上，对我说，你用车把书拉到地铁站，坐地铁回家吧。人间本就该有这样温暖的信任。

二〇一二年九月我到加州，在旧金山一家旧书店买到迪布丁的另两部珍本书，《集藏伴侣》(*The Library Companion*)和《书国十日谈》(*The Bibliographical Decameron*)，十九世纪早期的皮装本。我买下以后，店主老头很是好奇，问我：你一个中国人也喜欢迪布丁啊？我说凡能收到的迪布丁我都收了。这两部我盼望已久，终于在这儿见到了。他即刻起身给我冲了杯咖啡，握着我的手说：这么多年，还没见过有人喜欢迪布丁的，这下遇上知音了。我送你一本书。他兴奋地在一本深蓝色烫金布面书的书名页签了他的名字。我拿到书一看，才意识到是老先生约翰·温德尔（John Windle）花二十年工夫编的迪布丁"著作全目"，自费精装印制了几十册。这样的书缘，今生怎能忘掉？

郑诗亮：看来，藏书除了必须有耐心、有精力之外，还得有您曾经撰文说起过的"书之爱"。有了这份爱，才可能常有好书缘。

王强：这种爱难以描述。我想到了冯象学长爱引用的古罗马诗人维吉尔的著名诗句，是杨周翰先生译的："他写诗犹如母熊舔仔，慢慢舔出宝宝的模样。"藏书的人正是这样，慢慢慢慢地才能舔出他藏书的模样。我从一九八〇年进北大开始买书，到现在，一晃已经三十多年了。

我常想：藏书犹如生身父母寻找失散的孩子。拿收藏"现代文库"来说，我知道，或许到了生命的终点，我还是没办法将它们一一寻回，给它们在书房里找到舒适的栖身之地。明知如此，可还是得不舍不弃地去找去寻。我搜得的许多书，待把它们一一领回家，灯下细细端详的时候，才发现原来它们全都比我苍老得多。可不，机缘巧合，它们毕竟是从前世来到我这里，暂且住下，歇息够了，总有一天还是要去来世的。对我而言，收藏大致是在尽心尽力完整刻骨地体验一次生命轮回的神秘。

书籍装帧者是一座桥梁

我不是装帧行业的专家，只是一位业余选手。虽然业余，却也坚持了三十多年。三十年来，我只收集西书，具体说，主要收集英文典籍。谈到西书，谈到英文书，我想做一个简单的回顾。今天在座的同学都是印制专业的学生。我谈谈西书的装帧。

装帧（Binding）这个词非常重要。它既是把东西"绑"在一起，同时也是真正的跨界（把不同领域"绑"在一起）。它既是手工艺，也是空间、内容和想象力的结合；既是与文本作者连在一起，也是通过市场与收藏者连在一起。所以，作为一个书籍装帧者，他是一座名副其实的桥梁。他不仅把书页、字体、版式艺术、书封和文字内容有机地绑在一起，也是把最终形成统一体的文字和宽广的世界连在一起。他在这些微妙的连接中起着举足轻重的作用。

从历史看，装帧有两个重要的功能演化过程。

在中世纪，能读得起那时的书、读得起羊皮卷的，都是富裕之辈。对于阅读收藏的文字载体，他们要用金属版、木版，要用上等皮料，要用珠宝等等，按照自己的喜好，按照自己的品位来给自己的收藏做装帧。所以，十九世纪之前，印装是完全分离的。

（准确说，十五世纪西方活字印刷诞生，第一次实现印装一体化，真皮装帧开始在意大利、法国、德国、英国流行，书封多为无色压印；十六世纪开始运用烫金压印。之后，印装再次分离。）印的只管印，装的只管装。因此，西书最早的装帧者一般都是具体行业的工匠，比如做鞋的皮匠。因为他们有手艺，所以有钱人去让他们给自己的收藏装个皮面。书籍装帧最早的功能性目的即保护书页，不受灰尘、日光之类的损害。

到了十八、十九世纪才逐渐发展成为独立的艺术设计。书籍装帧者也不再是纯粹的工匠，不再是仅仅从工艺上来完成书籍保护这个简单的行为（其实并不简单），而是变成了独立的艺术家，他开始用他审美的眼光来审视他即将要把这些书帖放在一起的一个终极产品。书籍装帧与艺术创作渐渐汇流在一起。

我不是研究装帧的。但从自己收藏的经验来说，我认为装帧在西方大致分为两类。

一类是 Design Binding，就是"创意设计装帧"。大家所熟悉的美丽的书、好看的书，属于创意设计装帧。另外一类，也是书籍装帧不可分割的一部分，叫 Repair Binding，就是"修复装帧"。修复装帧专注于文献保存这一功能。装帧家一定要"修旧如旧"，这是衡量他匠心的准则。就是说，复原一个时代的产品，通过现在的东西来复原它的时代特色，同时完成保护文献这一装帧功能。创意设计装帧基本不管这个（当然真正的装帧大家必然会对装帧的书芯进行洗纸、去污、脱酸、修补等修复性工序）。创意设计装帧当然要有所传承（形制、图案、材料等），但更强调"推陈出新"这一思路。

我始终认为，一流的装帧大家，他起着把文字联通世界的功能；把作者、收藏者和未来连在一起的功能；把文献的保存和自己独特的艺术创意完美结合在一起的功能。他不断推陈出新，不断发现新材料、新介质，然后以一种符合时代性的方式凝聚为成品，留给下一个时代去品鉴、去欣赏。

所以，一个真正的 binder，一个装帧家，他一定是一个哲学家，一定是一个真正的文人。他的身和心与文字融为一体，他将爱倾注进他聚集起来的东西，他像寻找自己失散的孩子一样，想象着把他们放在自己营造的新的温馨的世界，而这个世界，我愿意将它称为装帧艺术终极理念的体现。

刚才几位老师谈到，我们的学院（上海理工大学）把工、理、文有机结合在了一起。我觉得这个高度，完全符合我理解的世界一流大装帧家的底色。这里有激情、有生命，有美的敏锐度，有哲学思考的深度。有了对装帧历史上装帧代表作品的了解，有了对各个时代，特别是当代艺术影响的敏锐和敏感，同时还能精准判断这个敏锐感的感知捕捉的不是暂时的涟漪，而是能够流向未来的生命力，它将鲜明地保存和呈现这个时代的精神；如果能够做到这些，那你们就会向着一流装帧家的目标扎实地迈进。

接下来我简要谈几个大家可以研究的方向。

一、手工装帧坊

英文称作 Traditional / Old-style Trade Bindery。大家通过董

桥先生的很多谈收藏的文章可能已经熟悉了。董先生本人收藏的英文书的装帧多属于"历史上的老派装帧"（Historic Bindings），也就是十九、二十世纪之间的作品这一范畴（此派源流可回溯至十五世纪）。手工装帧坊有一个特点，比如当时英国大名鼎鼎的里维埃、扎赫诺斯朵夫（Zaehnsdorf）、桑格斯基-萨克利夫（Sangorski & Sutcliffe）、贝因屯（Bayntun）等，强调的是手工艺和工艺本身。

也就是说，从行业来说，这些装帧者是真正的手工艺者，是工匠，所以他们的装帧强调的是手工艺本身。当然这不仅意味着纯手工的制作，还意味着装帧者将眼之所见、想象之所及，以手工艺的方式熨帖地再现出来，体现自己高超的手工技艺。这一派装帧家更加注重手中的材料本身，以技术的精湛来挑战工艺的极限。如果你细品这类手工装帧坊的作品，你会发现，他们的设计没那么花哨，多是在厚实质朴中用工艺跑赢了时代。我自己收藏的很多超过一百年的书籍，从装帧工艺看，当时装帧者选择的材料、图案、贴皮、烫金，等等，历经时间的洗礼，依然像刚从这些工匠手上制作出来的一样，生机勃勃，光彩夺目，令人匪夷所思。恰恰凭借了他们的匠心和匠艺，这些作品得以流传于世，为藏者所追逐。

二、私人书坊

英文称为 Private Press。刚才吕老师提到威廉·莫里斯。十九世纪之后，以威廉·莫里斯为代表，产生了一批以工艺美术的观念主张印装书籍的新派艺术装帧家。

这些人往往既是学者也是艺术家或手工艺人，而不单单是书籍的简单出版者。他们鄙视维多利亚时代机械廉价丑陋的书籍印装，将书籍视为信息载体和工艺品、美术品的有机统一体，践行手工印刷及手工装帧，使用精良材料，苛求版式、字体、插画、纸墨，追求印刷装帧的精美绝伦。

这些私人书坊在西方集中出现于十九世纪后半叶到二十世纪上半叶。特别值得大家留意的是英国的一些著名私人书坊，如鸽子书坊（The Doves Press）、莎士比亚头像书坊（Shakespeare Head Press）、金小雄鸡书坊（Golden Cockerel Press）、绝无仅有书坊，等等。

他们在纸张、字体、插画之外，特别强调所选文本的文献价值。大家研究这些精品，会发现这是装帧逐渐从功能性向艺术性转变的一个非常重要的时刻。要知道，这一时期是在第一、二次世界大战之际，英国市场上通常的纸张质量是最差的。他们就是在这种物质匮乏的情况下去挑战物质的美的极限，从贫乏中寻找最优美、最卓越的结果，体现了文人、艺术家、美术家对传承文化品质的一种强大的抱负。

三、创意装帧设计家

英文称为 Design Binder。这派装帧家从创作的角度，把书变成刺激他们产生创作灵感的一种媒介。以前大家为传统所"束缚"，书为主，装帧家为宾。当代人干脆转宾为主，以书为基础来创作和展示自我的东西。所以你看当代装帧家（特别是那些试验性的），把书籍的三面（前后书封与书脊）展开，甚至利用书口，将其变成一个完整尺幅，变成一个他们绘画、设计、雕塑、构造想象世界的画幅，然后通过书所提供的这一特殊画幅，挥洒出他们自己的艺术创意。

如果大家对装帧历程这三个节点的代表作有所涉猎，你就会走近西书装帧令人回味无穷的博大历史。

最后，我想谈谈我对装帧的思考。

装帧是把文字和世界连接起来的一座桥梁，这座桥梁连接起装帧者、写作者、收藏者、阅读者（包括后来的出版者）。

装帧还有一个鉴赏的功能，无论是创作还是欣赏，它令不同时代对于美的敏锐的感受达到不同的状态。所以，当代装帧家更强调把装帧艺术变成一种工程动力学，变成一个将变化进行有效整合的艺术手段。比如，他们强调构图的动与静、优雅与力量、确定性与不确定性、可理解性与复杂性、风格化与写实、崇尚技巧与忠实材料，如何运用于对象与如何融入对象。将装帧的形式，它的结构，它的材料，它的设计，装帧者的手工艺，整合在一起，呈现出独特的整体视觉效果。

出色的装帧当能保存时代的精神，鲜明呈现时代的艺术趣味，完美展示工匠独具的技艺，能够跨过时间的残酷挑战，最终顽强地留在未来。

美国有位八十多岁的女装帧家杰米·坎普（Jamie Kamph）。她年轻时是个作家，在大出版社从事文学编辑，因为爱文字和阅读而变为一个书籍收藏家，又因为自己不满意许多藏品的装帧，最后拜师苦修成为一位出色的装帧家。我收藏了一些她的作品。

她回忆教她装帧的老师时说，老师这样教诲她：如果总是想着如何去完成任务，那你的装帧一定不会令人满意。事实上一定要珍惜装帧过程的每一步，就像人生一样，尽一切可能圆满优雅地完成它。

换句话说，装帧实际上就是人生。你仓促出手的东西，如同你仓促度过的人生。而没有经过审视的人生在苏格拉底眼里是根本不值得过的。你没有一步步向生命深处挖掘，没有忘我地去享受、去探索、去完成。请注意，这里的"完成"她用的是英文的perform，也就是说装帧本质上是一次"表演"，真正的装帧大师是在完成人生的一次生命的演出。这个perform，不只是finish，不只是"做完"，而是"演完"。通过装帧怎么把自己活的人生"表演出来"，"挥洒出来"？她这个字用得特别好。她把生命与装帧叠在了一起。这是我们这样一个研究中心必须占据的哲学、美学、生命与人性的高度。只有这样，我们才能够研究出、创作出真正精美深邃的东西。如果装帧的过程不能穿越你的心灵、你的审美、你的思想、你的工艺、你的耐心、你的梦想，那它再精美也和你自己的生命无关，对你毫无意义。

我希望装帧"绑起"的不仅仅是书页和文字，更是你生命不同阶段的精彩。因为这样，你自己的人生将会成为一本最美的书（Book Beautiful）。

让我用我欣赏的这位装帧大家的话来结束：

我谈到运用工具时微妙的触感，缝线时着力的平滑精细，将书芯与书封装订在一起，令书封向内微微地弯曲。请把这些装帧的概念，看作更为广阔生活的组成部分。有太多的东西可以通过我们的指尖去心领神会。那渗透在我们日子里的情感纽带和压力，它们提供了一个构建连接的框架，而这种种连接原本将我们的生活向着不同的方向弯曲形变。所有这些因素，最终如出一辙地体现在装订/装帧一本书这样一个有限的尺度上。

这就是我所理解的西方书籍装帧真正的意义和精髓。

附言：2024 年 1 月 26 日笔者收到胡洪侠兄转来阿罡先生对此文的读后评点，谓："王先生这篇是面向印刷专业的学生的讲座，很有意义。文中提到'一战'后到'二战'后这段时间英国书籍纸张最差。这一点谬误了。严格说是纸张差的就是'二战'时期，事实上'一战'后到'二战'前这段和平时期欧洲大陆及英国各地手工造纸坊相当活跃，各种优良手工纸层出不穷。群里买过这时期出版物的都会有体会。第二点王先生在文中提到'这个 perform，不只是 finish'。其实装帧领域也细分两大块，即结构上的 forwarding 和后期的 finishing，藏家一般更关注后者，因为烫金之类的装饰性工艺更具有直观的观赏性。事实上早期装帧坊里一些女性学员甚至不被允许参与后者的工序处理。其实从装帧整体上说前者也相当重要。这就是道格拉斯·科克雷尔（Douglas Cockerell）的伟大之处。他把两者的重要性提到了同等高度。"

我随即于翌日托大侠转去我的回应：

1. 多谢阿罡评点。

2. 我文中正是比较私人书坊人工纸和一般（通常）出版社的纸。这一时期成为主要收藏品的也唯有私人书坊的东西。

3. 文中我的 perform 与 finish。Finish 仅是指完成的意思，complete，并不指装帧术语 forwarding 与 finishing。Forwarding 与 finishing 只是装帧的不同工序和手法。我那段谈的是"完成"的意义。装帧必包括 forwarding（前）与 finishing（后），否则未完工。但装帧大家追求的不只是一般意义上的"装完 / 完成工作"，而是创造地展现，如"演出"一样。我这里的"finish"不指工序，perform 不指 forwarding。

4. 这是整个印刷（印装）行业的发展阶段之本质，早期从业者均为男性，相当于印装是男性从事的行业。（一如小说家曾被视为男人的行业一样，而奥斯汀、勃朗特姐妹、乔治·艾略特等正颠覆的是这一"行规"。）装帧业中女性的加入自然要等到之后女性意识觉醒及行业的观念改变。所以，早期对于女性的"不允许"，从历史角度看，是"实在性的""必然性的""行业属性的"或"历史性的"。不宜以今之观点视之。这和中国的"只传男不传女"的规定不是一回事。

又及：要谢阿罡，虽然我并不认识他。浮泛的时代里这样的人真的不多。

"现代文库"："廉而不贱"的理念

——我与"现代文库"(一)

二十世纪二三十年代，中国文人大多接触过一套叫作"Modern Library"的英文丛书。有些人还对它感情颇深，时不时在自己文字里念叨起它，像周作人。梁实秋、傅东华称它为"近代丛书"；周作人管它叫"现代丛书"；冯亦代把它译为"现代文库"。

行文时顺笔提及的随心所欲或可容忍，但谈收藏则必先正其名。"modern"既指"近代"也指"现代"。不过，对这套书的身世稍做追溯，"现代"一义则是不二之选。那么，"library"呢？"丛"者，聚集也，众多也。按照叶德辉的看法，中国人从宋代就开始刻印"丛书"。"丛书"一译便呼应了汉语的传统。"library"有两个常用义：一个人或机构的全部藏书；藏书的存放地，即书库或图书馆。汉语的"库"，原指藏物之处。《旧唐书·经籍志》有"掌四部御书十二库"之说。而《新唐书·艺文志》已经有了"两都各聚书四部，以甲、乙、丙、丁为次，列经、史、子、集四库"之说。"四库"自此兼有了二义。偏不可概全。"丛书"再众也无法涵盖"收藏的全部"。"文库"一译无论是字面还是含义便得了"library"一词的精髓。日语中的"文库"一词正指"书库""藏书"，后来才用于指廉价、袖珍本的"丛书"。王云五当年编名震海内的《万有文库》，起书名时是从中文、英文还是日文找到的灵感，我不得而知。但于"Modern Library"，我从冯译，用"现代文库"。

除了为数不多的真正的"初版"（first edition），廉价、重印（reprint）、普及性质的"现代文库"着实不是董桥笔下羡煞文人的"绝色"。即使是现在，十美元以下亦不难猎得，其中品相端庄一册的价钱恐怕也难入大半藏家的"法眼"。然而，在我"藏而尽其用"一派，它的价值却小瞧不得。我的收藏心理可借幸田露伴《书斋闲话·琐言》中的说法做一注脚："凡物而善用之，则贵比黄金；不善用之，玉亦劣于瓦砾。"我始终认为，藏书的一般原则是遵循"相对论"的。

二十世纪初，美国知识界的整体氛围渐渐摆脱沉闷的英国维多利亚时代的政治、文化保守主义，转而拥抱源于欧洲、令人耳目一新的"现代主义"（modernism）。鉴于"现代文库"与"现代主义"有着难以割裂的血脉关系，在"现代主义"上略费笔墨不仅应该而且必要。

十九世纪后半叶，社会、政治、经济，特别是科学、技术的巨大变化为根本上重塑时代性格、精神和世界观铺平了道路。一九〇〇年至一九三九年四十年间，"现代主义"作为一种思想和实践，在科学、哲学、文学和艺术诸领域展现了令人惊异的相似性。历史的"进步"和"文明"遭到怀疑；人对物理世界本质的认知丧失了可信的"绝对"价值，"相对"成了"绝对"；"上帝之死"宣告了基督教信仰的坍塌和对西方形而上学传统的扬弃;"潜意识"的重新发现摧毁了启蒙主义"理想的人"的"理性"基石;"直觉"以及对时间"绵延"本质的揭示,清晰表述了时间有着为个体体验重新架构的可能和必然。当所有"延续的"文化"确定性"云消雾散之后,人的自我、人的认知、人的生命体验、人的世界宇宙观突然呈现出一个个失去连接的"断片"。第一次世界大战更是将人的毁灭力和无理性暴露无遗。没有了共享的文化价值,变动不居的现实世界混沌莫辨。陷入这一时代大"焦虑"的"边缘化"的社会大众无一不在翘望着文化"先知"们自天而降,为其指点迷津,寻找生命的新方向。"现代主义"以一种全新的"实验性"表现方式从各自的角度深刻、独到地讲述或描绘了重新发现的人的本质和重新发现的世界的本质。

"现代文库"既是这一新时代精神的产物,又对这一时代精神的弥漫进行了有力的推波助澜。在这样的大背景下,以输送"严肃文化"(serious culture)为己任的"现代文库",在文化方面产生的巨大影响和它在商业方面所获得的空前成功也就顺理成章了。当然这已是后话。一九一七年,"现代文库"可不是口含银匙不可一世呱呱坠地的。

那是一九一六年的秋天。两个陌生的年轻人——二十四岁的艾伯特·博尼(Albert Boni)和二十九岁的霍勒斯·利夫莱特(Horace Liveright)——在纽约上城一家广告公司碰面了。艺术兴趣广泛的博尼刚刚卖掉兄弟俩经营的华盛顿广场书店(Washington Square Book Shop)。这家氛围近于巴黎"左岸"咖啡馆的书店,位于曼哈顿波希米亚风的格林威治村,曾是德莱塞这样的文学青年和年轻的政治激进分子常常聚会的地方。利夫莱特十四岁辍学后在费城一家股票经纪行打杂，十七岁为一部音乐剧写过歌词。虽靠着父亲借的五百美元闯荡纽约，可他时不时出入于沃尔多夫-阿斯托里亚（Waldorf-Astoria）这类高档大饭店，给起小费来的大方劲儿俨然一个阔少。两人相识后，博尼把出版一套只收当代欧洲作家现代经典的丛书这一想法告诉了文学壮志未酬的利夫莱特。两个有志创业的青年一拍即合。他们计划将这一丛书称为"集世上最好之书的现代文库"（the Modern Library of the World's Best Books）。利夫莱特从岳父处借了一万两千五百美元，博尼凑了四千美元。由于是博尼的点子，两人持股各半。一九一七年，纽约出版界的新面孔博尼与利夫莱特（Boni & Liveright）合伙公司成立并隆重宣布推出"现代文库"。此时的博尼正可谓踌躇满志。公司虽新，他可并非业内新手。此前，博尼兄弟俩策划出版，后来转手他人的一套三十册专收传统经典和经典节本的"袖珍皮面文库"（Little Leather Library）曾有过年销售一百万套的纪录。重起炉灶的博尼难以割舍格林威治村的波希米亚情结。为迎合"现代"文化人的品位，他大胆选择欧洲文人的"激进"作品。托洛茨基的《布尔什维克与世界和平》竟一版卖了两万册。可惜，一九一八年七月，短暂的蜜月结束。由于性情和品位的差异以及业务方面谁也说服不了谁的无休止争吵，一枚硬币做出了决定：博尼兄弟出去自立门户，利夫莱特留下执掌公司。

于是，一个特立独行、对文学和艺术有着超人直觉、令同行既畏且敬的出版人宛若横空出世的新星，一下子照亮了二十世纪二十年代的美国出版界。世人用"不可思议"形容他。的确不可思议。他几乎是单枪匹马，极精彩地阻止了纽约最高法院大法官约翰·福特（John Ford）就要强加给所有出版商的"清洁之书法案"（Clean Books Bill）。他对德莱塞说，《美国悲剧》要热销，它热销了。房龙的《人类的故事》被十七个出版商毙掉，到他手里成了畅销书。他第一个看到了福克纳的价值。他出版海明威的作品时，作者还名不见经传。奥尼尔、庞德、艾略特更常常是他的座上客。名剧作家莉莲·海尔曼在他的公司时还是个编辑部的普通文员。他的"棕色石屋"成了"天才的孵化场"。在这神话般的气场中，"现代文库"本该前途无量。无奈，利夫莱特无心经营，管理、市场、销售统统不在他眼里。他唯一的激情是近乎宠溺地呵护聚集在他身边的天才们。慷慨的稿费预支，无度的饮酒狂欢。天才们倒是甘于俯首称臣，"现代文库"出版带来的利润却被他"挥霍"殆尽。一九二五年，离婚让利夫莱特手头很是拮据。无心恋战的他不得不将已具规模的"现代文库"转让给他的副手本内特·瑟夫（Bennett Cerf）。早就在打"现代文库"主意的瑟夫眼见一张大馅饼掉到自己跟前，岂有回绝之理？他赶紧向好友唐纳德·克洛普弗（Donald Klopfer）求救并说服他一起加入收购，然后共同经营。两人凑了近二十二万美元，一举拿下"现代文库"。内行人看得明白：这笔便宜的买卖堪比当年荷兰人以相当于二十四美元的价格从印第安人手中拿下曼哈顿岛。瑟夫是哥伦比亚大学新闻学院的高才生，还在华尔街证券经纪公司干过。然而，厌恶华尔街的他注定成为出版界的大腕儿。二十七岁的瑟夫和二十三岁的克洛普弗真是天生的梦幻组合：前者咄咄逼人、张扬外露；后者心闲气定、有条不紊。一九二五年八月一日，在纽约西四十五街一个办公套间里，专为出版"现代文库"而设立的"现代文库公司"（Modern Library, Inc.）正式开张。这个不起眼的小家伙后来一不小心竟成了"兰登书屋"（Random House）。

作为出版界有着远见卓识的高手，瑟夫和克洛普弗对书籍，特别是书籍的装帧痴迷到了近乎苛求的地步。在他们看来，一流的内容必须与充满想象力的优雅迷人的外观匹配得水乳交融。好的设计即出版者鲜明个性的宣言。"现代文库"正好实践他们关于"格调至上"的出版美学。一九二五年，他们请到伦敦大名鼎鼎的版式设计家埃尔默·阿德勒（Elmer Adler）为"现代文库"重新设计版面。阿德勒以极简风格设计了清新的书名页（title page）。完美主义的他更引荐了获得过欧洲招贴画大奖的德裔美国美术家卢西恩·伯恩哈德（Lucien Bernhard）。伯恩哈德精心构思出简洁、性感、颇具诱惑力的"奔跑的火炬手女孩"。这一令人难忘的书标（colophon，logo）从此成为伴随"现代文库"游历阅读者世界时勾人的眼睛。一九二八年，红极一时的美国插画家罗克韦尔·肯特（Rockwell Kent）为了平衡不同的审美趣味，更准确地回应美国中产阶级的文化诉求，对"现代文库"的版式设计动了一次大手术。"现代文库"有了新的书脊装饰、新的蝴蝶页（endpapers）；烫金印压（gold stamping）开始使用。肯特改动最大的是"火炬手"。他加粗了"火炬手"裸体的线条，突出了"火炬手"的肌肉感，模糊了"火炬手"的性征，因为在他看来，伯恩哈德那为人们带来启蒙的普罗米修斯式的"火炬手"不该再女性化。面对"现代主义"所致力的男女平等的"无性征差异"文化，"它"比"她"或"他"都更贴近"现代文库"的严肃性和使命感。它体现了"直接""诚恳"和"现代"。一九六六年，日裔美国美术家藤田贞光（Neil Fujita）再一次修改了"现代文库"的版式设计：烫银取代了烫金；"火炬手"变得"又粗又矮"，少了当年的"灵气"。每次逛旧书店，连见到"火炬手"必为我"擒来"的妻儿都大呼"沉闷"。可见现代的未必就一定能"现代"。一九九二年后新版书标又恢复到伯恩哈德的设计即明证。不过，"现代文库"那时可是带着"现代"的气血，冲着掀起出版界革命的梦想杀将而来的。

近代印刷、出版界的革命把从前唯权贵阶层才得以享用的书籍这一奢侈品推及普通大众。然而，十九世纪下半叶面向大众的所谓"便宜版"（cheap edition）在人们心目中已是声名狼藉。劣等木浆糙纸，色泽不匀的墨迹，报纸式密密麻麻的多栏排版，易散的装订，又轻又薄的纸封，从头到脚、从里到外实在叫人难生爱怜。"现代文库"命该应运而生。这样，无论是实用层面还是艺术层面，一开始它就立志远离"便宜版"不登大雅之堂的形象，执着于"廉而不贱"（inexpensive but not cheap）的理念。它要让普通美国人历史上破天荒第一次以平装本的价买设计精美的精装本的书，把当世最优秀作家最伟大的著作体面地带进他们的寒舍和陋室。这个承诺它郑重兑现了。一九一七年至一九一九年，每册定价六十五美分。一九二〇年至一九四六年，每册定价始终坚守着九十五美分——要知道，一九三五年买一册普通的《飘》（Gone with the Wind）还要花去三美元呢。对整个美国出版业而言，这真是一个闻所未闻的大创举，它的背后掩藏着宏大的文化野心。难怪罗兰·马钱德（Roland Marchand）细致研究了当年

"现代文库"的大量广告后颇有洞见地指出："借助它的广告，'现代文库'实际变成了一个民主的机构，它要致力于在如此重要的阅读领域消弭经济壁垒，跨越阶层障碍，创造一个真正的具有文化素养的民主群体。"

温馨的火种

——我与"现代文库"（二）

　　傅增湘对那些"泛滥群流、以多取胜"的"丛书"颇不以为然。他独钟情于卢绍弓的《抱经堂丛书》，乃是因为其所选所刊真正担得起"精博"二字。这二字正是"现代文库"得以在当时美国出版界、读书界掀起飓风的缘由。本内特·瑟夫这样说过："也许有人会说，一套重印性质的丛书，它的成功取决于三个因素：价格、版式和选题……但一套丛书真要想成功，稳步成长，凝聚越来越多的人气，上述价值衡量尺度必须倒过来读：选题、版式和价格。"出"世上最好之书"这一言简意赅的广告语开门见山，表达了"现代文库"傲视群雄的抱负。一九一七年五月推出的首批十二册，数量虽显卑微，但其作者阵容却毫不含糊地展露出所向披靡的冲击力：王尔德、吉卜林、威尔斯、史蒂文森、斯特林堡、梅特林克、易卜生、法朗士、莫泊桑、陀思妥耶夫斯基、叔本华、尼采。短短两年，"现代文库"便拥有了七十余册既受"高眉"（highbrows）青睐亦为"低眉"（lowbrows）买账的著作，男女通吃，老少咸宜。此后，"现代文库"挑选欧洲作家的著作更是力求精而益精。与商业上获得巨大成功的年轻英国前辈、如今的竞争对手"人人文库"略显保守、贪求全面的选题品味不同，"现代文库"独具只眼，带着鬼使神差般的魅力，接纳了一个个虽初来乍到但终将成为文坛巨擘的美国作家。此前，无一例外，这些来自新大陆的异乡客曾长期被欧洲冰冷、傲慢的文坛拒之门外。敏锐的评论家迅速嗅到了这一革命的清新气味。《芝加哥邮报》惊呼："'现代文库'带着咄咄逼人的现代性登场了。它的到来引人入胜。"

本内特·瑟夫深知，只有专注于好的选题才能让"现代文库"活得长久。清醒、坚定地站在"现代"的地平线上，然后从容不迫、步步扎实地回望"近代"和"古代"，它选入的现代力作与传统经典交相呼应、各领风骚。凡经典的，必渗透着现代气息；凡现代的，又必蕴藉着古典韵味。即便拿今天的眼光审视，它切中时代脉搏的高标准选题也经得起极其严格的挑剔。不说欧洲"现代主义"思潮中脱颖而出的大家几乎被"现代文库"一网打尽，单是入选的美国作家就足以系统、逼真地勾勒出一幅现代美国文学的版图。这样的审慎和独到果然令"现代文库"长寿。从二十世纪初初来世界，到二十世纪七十年代被转向的公众阅读趣味和平装书革命（the paperback revolution）挤出文化舞台，它硕果累累的生命之树倔强地挺拔了大半个世纪。

正是在这大半个世纪里，"现代文库"牢牢占据了美国文化生活的中心位置，几乎成了那个时代美国"精英"和"草根"共同拥戴的权威"阅读指南"。一九二五年，它销售了二十七万五千册；一九三五年，它销售了一百一十六万三百零六册；一九四六年，它的销量更达到令人难以置信的三百万册。虽说重印本版税微不足道，可面对如此庞大的读者群，没有一个活着的作家不会为之心动。在"现代文库"强大的影响力面前，他们明智地放下了文人固有的矜持。说"现代文库"养育了一代美国文人毫不夸张。对他们而言，"现代文库"无异于自己灵魂生长的家园，一扇瞭望世界的窗子，一所没有围墙的学校，一座既能让他们创作得血脉贲张也能让他们释然掸落文化征尘的梦中城市。以《小城畸人》（*Winesburg, Ohio*）扬名的舍伍德·安德森（Sherwood Anderson），大场面见过无数，可人早过了中年，还是难以忘怀"现代文库"带给他的生命信念和文化苦旅中的慰藉。一九二六年，"现代文库"决定重印他的《一穷二白》（*Poor White*）。他为这一版写的自序竟处处洋溢着动人的感激："瞧这本书，《一穷二白》，现在要被收进'现代文库'出版了，它打扮一新，将去拜访一个个新人。'现代文库'真是华贵动人。那里，长长一串名字，个个令人高山仰止。我的《一穷二白》真觉得自己有点乡下人似的，马上就要住进一个气派、令人艳羡的现代大都市了……一想到它将走进'现代文库'，也许能在那儿找到众多的读者；一想到它或许会在人们完全不同的想象生活里再活一次，我就激动不已。"一九三五年，大藏书家纽顿在《聚书的乐趣》（*The Amenities of Book Collecting*）被收入"现代文库"之际，曾经书之沧海的他照样难抑自己的受宠若惊："最终的荣耀还是降临到《聚书的乐趣》头上。它获得了普及版的荣衔。"说这话，财力了得的纽顿该是真心的。

半个多世纪以来，由于重印频繁，"现代文库"的装帧、版式风格颇有变化，从书衣（dust jacket）到封面再到版本，其间种种排列组合简直令人眼花缭乱。想从中理出头绪岂是易事？亏了加州老书商亨利·托莱达诺，像孙殿起当年勤奋地将经眼版本一一录进《贩书偶记》那样，老先生积数十年贩书经验、一丝不苟、自编自印，于一九九三年问世后又几经修订的《现代文库价格指南》竟成了拨开"现代文库"收藏者眼前迷雾的温暖灯塔。我就是在这灯塔的照耀下一天天看清了"现代文库"伟岸的身躯，看清了定格在它绵延书页里历史的一颦一笑。

一九一七年编号一的《道连·格雷的画像》开印至一九七〇年编号三九六的《奈特·特纳的忏悔》（*The Confessions of Nat Turner*）停印；一九七七年至一九八五年间为收复旧河山又陆续再版；一九九二年起，为庆祝七十五周年华诞，复以全新版推出重新选择的书目，"现代文库"在出版史上优雅地留下了三串令人难忘的足迹。

以人喻，依我的审美取向，我以为"现代文库"的装帧特色分为四个阶段。"初试啼声"的一九一七年至一九三九年，我把它定义为"初创期"。这个时期的版式短小，书高六又二分之一英寸，先是人造皮面精装（leatherette），一九二九年以后改为强力细棉布布面精装（ballon cloth），无论是暗棕色、暗绿色、深蓝色还是深黑色的硬封，单一"美术字式"（typographical）简朴的书衣，展现着蹒跚学步时的谨慎和摸索。"豆蔻年华"的一九三九年至一九七〇年，我把它定义为"经典期"。这个时期版式扩大了，书高七英寸；一九六九年后，书高七又四分之一英寸，均为布包纸板硬面精装（boards）。无论是"图画式"（pictorial）或"美术字式"的书衣还是不同色调的封面，无论是精心设计的蝴蝶页还是"现代文库"著名的标识"火炬手"，处处展现着青春的色彩变幻和灵动的设计巧思。"人到中年"的一九七七年至一九八五年，书高七又四分之一英寸，无缝线胶粘硬面精装（perfect binding），一律的浅棕色纸底，或"美术字式"的，或黑白木刻风格的书衣，赭石色纸板硬封和烫金的书名及标识，着意展现着成熟的平和与沉稳。"步入黄昏"的一九九二年（虽近黄昏却不夺它别样的韵致），一色的灰布面硬封，一色的银或灰纸底上作者照片，或人物肖像占中心位置的书衣设计，从容地展现着饱览人世沧桑后的波澜不惊。

以装帧的技术细节论，"现代文库"可归为四类："普通尺寸精装版"（Regular）、"超大尺寸精装版"（Giant）、"插画精装版"（Illustrated）和"平装版"（Paperback）。一九四三年至一九四七年出版的"插画精装版"共二十册，印数少，市面上难得一见。对一九五〇年至一九六〇年间出版的六十余种以及一九九八年起又一次推出的"平装本"，我向不上心，至今一册也没收藏。二十世纪六十年代推出的四百四十七册气派不凡的"胶硬麻布精装本"（Buckram Bindings），因其特为图书馆订制，所谓"library binding"，虽心向往之，却无奈未能在市面碰上一册，让我解解馋。也罢，我饥饿的兴趣正可借此专注在它的精装本上，而且是"经典期"的结晶——我心目中出现于一九三九年至一九七〇年间的印品。坦白讲，这"经典期"独令我着迷。多年来，除猎得几册配硬纸板匣的"插画精装版"，如《堂吉诃德》《神曲》《罪与罚》《爱默生散文选》和四册"初创期"的印品外，其他四百余册便都属于"经典期"的"普通尺寸精装版"和为收入单本巨著而从一九三一年起推出的每册一千页上下篇幅的"超大尺寸精装版"了。

收藏浩瀚的"现代文库",最棘手的莫过于明确目标。这是因为,它每印一刷,新选入的和被替换掉的书名、数目毫无规律可循。抛开一九七〇年之后出版但迄今尚未拥有被广泛收藏"资格"的后来者,据《现代文库价格指南》统计,从一九一七年至一九七〇年,也就是我称作"初创期"加"经典期"的年代,"普通尺寸精装版"五十三年间共出了七百三十六册,其中常印书三百九十六册,历年从常印书目中被替换掉的三百五十一册,欲出而未出书(ghost titles)十一册,"超大尺寸精装版"共出了一百三十三册,两个版式合计达八百六十九册。这数字怕会令多数藏家望之却步,心灰意懒。不过幸运的是,实际上即便在它的巅峰期,"现代文库"每印一刷,收书平均不过四百册上下。这样,我收藏的信心硬是重新滋长出希望的根芽来。就这一最低目标看,我的四百余册收藏已可傲人。但依"现代文库"全部八百六十九册这一最高目标看,正是"路漫漫其修远兮",我的收藏之路也才走过一半。

"现代文库"在美国二十世纪出版史、商业史上的重要地位,以及它如何缔造了敢为天下先、在美国首印《尤利西斯》的"兰登书屋"这一显赫的出版巨人,不是本文所要关注的。好在"现代文库"的研究大有成为"显学"的态势,以它为题的开拓者不乏其人。像韦恩州立大学的戈登·内维尔(Gordon B. Neavill)和芝加哥大学图书馆特藏研究中心的杰伊·萨特菲尔德(Jay Satterfield),就是这方面成果卓著的代表人物。后者于二〇〇二年出版的研究专著,单看《"世上最好之书":品味、文化与"现代文库"》("The World's Best Books": Taste, Culture, and the Modern Library) 这一撩人的书名，我想任何当真的"现代文库"收藏者都是万万不会漠视它的。

一九八七年，冬天快来的时候，在纽约上州一个小镇的街边旧书店，我疲惫的目光和一个潇洒奔跑着的，虽性别难断却矫健不凡的裸体火炬手相遇。我眼前一亮，来不及犹豫，就顺从地接过了这温馨的火种。那一刻，我猎得了我的第一本"现代文库"。马尔罗的《人的命运》（Men's Fate），书衣完好，编号三三。说来也奇，几年前，在北京西单的中国书店，我竟从架上难以置信地拿下一册几近全新的马尔萨斯的《人口论》（On Population），书衣完好，编号三〇九。天哪，在它的出生地始终没能碰到，在人口老大的中国却与它邂逅。莫非它是带着某种神秘使命漂洋过海而来？这才称得上是书缘。

蓦然回首，时光已悄然流过二十一个年头。猎齐剩下的还要用去我多少个年头？我不知道，也不想知道。但我知道，关于二十世纪上半叶那一幕幕大家云集，涌动着惊人的创造力、喷发着炫目的颠覆力以及肆意挥洒着似乎永不知疲倦的探索激情的现代美国文化的记忆，如果省略或忽略掉"现代文库"，那记忆一定会黯然失色，变得残缺不全，减损许多暖意，平添些许寂寞，因为那段历史的音容笑貌已真真切切被保存在了"现代文库"素朴却诱人的书页里。我知道，收藏"现代文库"对我从此也就意味着，紧紧追随那永不歇脚的火炬手，一次次冲破遗忘的暗夜，在无涯时空的大未知中，呵护着心里不灭的信念，孤独而幸福地去寻找一块块生动、鲜亮，历史纹路依然清晰如昨的文字的化石。

书的布道者

我敢断言，今天很少会有人去耽读克里斯托弗·莫利（Christopher Morley）的文字了。

二十世纪初，出生于宾州，曾红极美国文坛的小说家、散文家、诗人、剧作家，似乎就这样永远落寞地走进历史深深的遗忘之中。然而，在我这个爱书者的心田里，莫利却依旧硬朗地活着。一双温情的绅士的眼睛，透过高高鼻梁上的镜片，释放着诱人的书卷气；一脸浓密的络腮胡，修剪得像他的文体一般干净、轻灵；一个布道者的声音在斩钉截铁地说："当我们卖书给他人的时候，卖出去的可不只是十二盎司的纸、墨水跟黏胶——而是一个崭新的生命。"

其实，这句话是他借着罗杰·米夫林（Roger Mifflin）的口说出来的。罗杰·米夫林是他发表于一九一七年的第一部虚构作品《轮子上的帕那索斯》（*Parnassus on Wheels*）中的灵魂人物——那个年近中年、个子矮小、秃顶、眼角布满鱼尾纹、留着一撇红胡子、叼着烟斗、倔强勇敢幽默、粗鲁中无时无刻不忘传递骑士风度、以给乡下人送"文学福音"为己任、快乐地驾一辆大篷贩书马车终年巡游乡野、理想主义到了无可救药程度的渊博的"文学商贩"（a literary peddler）。

《轮子上的帕那索斯》是部百余页、不大起眼的小说。但对于我，它不仅仅是一部"通常意义"上的"小说"。当年，从曼哈顿一家旧书店发现它和它同样诱人的续作《书店魅影》（*The Haunted Bookshop*, 1919）那一刻起，我就一厢情愿，为它和它的续作起了个名，称之为"小说体书话"。法朗士和茨威格笔下"书卷气"尽管浓得化不开，可那"书卷气"的存在完全是为"故事"情节服务的，是手段不是目的。和两年后精彩的续作《书店魅影》一样，《轮子上的帕那索斯》独树一帜，是在"故事"情节这一手段推动下，巧妙而淋漓尽致地宣泄作者内心深处对书的圣徒般的深情。这是一部引导人们去发现"售书业"所独有的精神愉悦本质的浪漫传奇。同时，它还以原生态的方式保留了书店发展史上重要的一页——流动大篷车传播知识和资讯的时代在二十世纪初开始式微。

"帕那索斯"是罗杰·米夫林给他的"文化大篷车"起的名字。扑鼻的书卷气立即把人带回古希腊那座被视为太阳神阿波罗和众缪斯悠游的圣山。正因如此，后来"帕那索斯"这一专名就在比喻的意义上指代文学的，特别是诗歌的灵感了。"轮子上的帕那索斯"原来竟是"流动的诗"！就连那只跑前跑后的小猎犬"薄克"（Bock）都是为提醒它的主人时常翻读薄伽丘（Giovanni Boccaccio）的《十日谈》而得名的。好一只文学的狗！

秋天是充满诗意的。《轮子上的帕那索斯》的故事就注定选择在十月一个秋高气爽的早晨静静地展开。

从城市退隐乡下的兄妹俩过着日出而作、日落而息的单调却平静的乡居生活。哥哥安德鲁·麦吉尔"就像小女孩儿一样不切实际而爱幻想，老是梦想着游历四方"。"他太爱书了"，"他只要一沉湎到书里就像母鸡孵蛋那样投入"。一部描写乡居快乐时光，名叫《复乐园》（*Paradise Regaigned*）的小说的出版和畅销让安德鲁一夜成名。稿约纷至沓来，平静的日子"再也不像从前了"。"安德鲁越来越不像农夫，倒是文人的做派在他身上日渐滋长。"妹妹海伦·麦吉尔越来越多地担起了生活的重负，渐渐对哥哥由不满变成了愤怒，"我从此就想他那本书应该叫作《失乐园》（*Paradise Lost*）才对"。"我要以其人之道还治其人之身。"于是，十月那个奇妙的早晨，当卖书人罗杰·米夫林和他满载着书籍、漆成淡青绿色、由一匹健硕的白马拉着的售书大篷车来到海伦的农舍的时候，女主人公"报复"的机会自天而降。

"安德鲁·麦吉尔住这儿吗？""他中午之后才回来……不会吧，难道你也是个出版商？""我只是在想他对我这车宝贝有没有兴趣。""天哪！安德鲁要是看到你这满满一车的书，一星期里他都会魂不守舍的。""那你自己何不把它买下？""我心里有股异常的冲动，无法控制——我不知道是因为这台可笑的小车实在有多整洁，还是因为这笔交易实在太疯狂，或者是我根本自己想去冒险，顺便捉弄捉弄安德鲁。""我不是什么文人，可就像前面我说的，我也是个人，是人就会喜欢好书。"四百美元成交价谈妥后，女主人公成了售书大篷车的新主人。罗杰·米夫林和他的大篷车就这样帮助海伦·麦吉尔，成就了她围绕书籍从"报复"到历险再到收获爱情成为米夫林太太的一段难忘的人生之旅。

书页里，默默跟随男女主人公一路走去，无论是头顶艳阳还是眼望星空，吸着乡野清纯空气，听他们闲言碎语，听他们漫不经心流露出关于书的深刻独到的见地，我的心情舒坦得像"帕那索斯"沿途采撷的一片片白桦林点缀的别样风景。

他们谈起"十四行诗"。乡村灶台边烘烤了十几年面包的海伦·麦吉尔说："读十四行诗总让我打嗝。""其实，烘烤面包跟创作十四行诗一样，是高深莫测的艺术。"于是，面包成了"十四行诗"，热饼干成了"抒情小诗"或"八行双韵体诗"，而烤面包的过程就成了"编文集"的过程。罗杰·米夫林真是难得能把书籍"消化"掉的人。海伦·麦吉尔嫌哥哥食量大，米夫林一句话便直击要害："要想写出优美的散文，当然得有深厚的营养。"途经一农舍，农舍家人抱怨花不少钱买下的一套《葬礼演说大全》还不得空闲阅读，米夫林回答得干干脆脆："你需要花钱买的，是那些教你如何活的书，而不是教你如何死的书。"没有把书读活的人何能出此快语。最痛快、最过瘾的是静静听他贩书使命的热情倾诉："世上不乏伟大的文学家，可他们全都自私自利，不可一世。艾迪生、兰姆、哈兹利特、爱默生和洛威尔，随你挑选谁，他们全把爱书的嗜好当作一种稀有而完美的秘密，只有少数人才配分享：必须坐在僻静书房，点根蜡烛，点支雪茄，桌上倒杯葡萄酒，脚边地毯上卧条猎犬，这样才叫好好享受。我是说：有谁真走到大路上篱笆边，挨家挨户向普通百姓兜售文学书籍？……你越来越深入乡野，就会发现书的数量越来越少，书的品质越来越差……对农夫们而言，只是开出个书单，或者把'五英尺书柜丛书'〔按：即 Dr. Eliot's Five-Foot Shelf of Books。指一九〇九年初版，哈佛大学校长查尔斯·W. 埃利奥特（Charles W. Eliot）主编的"哈佛经典丛书"（The Harvard Classics），丛书总计五十一卷，每卷厚四百页至四百五十页〕丢给他们是远远不够的；真正解决之道是亲自登门拜访——把书带给他们，跟老师聊天，吓唬那些乡下报纸和农庄杂志的编辑，讲故事给小孩子听——这样才能慢慢开始让好书在全国各地流通。我要提醒你，这是份伟大的工作。你的任务就好比把'圣杯'带到一些穷乡僻壤的农庄。我还真巴不得世上能有一千辆流动宝库，而不是只有这一辆。要不是为了写书，我也不会把它盘给你；但是，我之所以要把自己的想法写出来，只是为了激励其他同道。不过，我可不敢奢望哪家出版社会愿意为我出书。"听你讲话的样子，就知道你会成为大作家。""话说得头头是道的人往往不写东西。因为他们只要一张嘴就说个不停。"

长长一段沉默。罗杰·米夫林点燃烟斗，机灵的目光注视着眼前的风景。海伦·麦吉尔握着缰绳。大白马迈着坚实的步子从容向前。"帕那索斯"嘎吱嘎吱发出音乐般的声响。午后的阳光洒满乡村的路。

"夏天过去了。我们不再年轻，可我们前面还有美妙的事情等着我们去做。"

"帕那索斯"诗意地来，诗意地去。它和它满载的故事随书页的翻动消失进远方。然而，它留下的车辙还是顽强地打败了冷酷时间的挑战，把这样清晰的领悟永远印在爱书人的心路上：对书的爱终究是对人性的爱，对人类的爱。真正的爱书者注定是一个不折不扣的书的布道者。

没了书，我还会是谁？

爱书人（bibliophiles）喜欢挂在嘴边的拉丁谚语莫过于：Habent sua fata libelli。

"书有书的命运。"说得够形而上。公元一五〇年前后，拉丁文文法家莫鲁斯（Terentianus Maurus）说出这句话的时候却是一腔形而下的无奈，因为他的话还有一半儿后人不愿引了：Pro captu lectoris habent sua fata libelli。他的无奈是说：书之运命虽异，然在在仰赖读者之理解把握。没人能够预先知道什么书能得到阅读者的青睐。想起这话全因 L 兄电话提醒我上海译文最近出了本《托尔金的袍子》（*Tolkien's Gown and Other Stories of Great Authors and Rare Books*），不妨翻翻。他知道我或多或少与书的收藏沾些边，虽然从没跟他聊过什么珍本秘籍。巧得很，汉译本翻到一大半儿，竟在我的书架上"发现了"二〇〇四年卡罗尔与格拉夫（Carroll & Graf）出的美国版：《纳博科夫的蝴蝶》（*Nabokov's Butterfly*）。原来，一模一样的内容，英国版卖的是古香古气的托尔金（J. R. R. Tolkien），美国版卖的是艳情艳色的纳博科夫。有趣但也必然。更有趣但也更必然的是：一个爱书人写给爱书人看的一本如此不同寻常的书硬是这样捡回了一条命。

"爱书人"一词大致涵盖了三个族群。第一类乃旧书商或珍本书商——三教九流、各式各样。在商言商，置身书之沧海，过眼书的云烟见识多了，"你承受不起多愁善感的代价，绝不能和经手的书有太多感情瓜葛，发生太过深刻的联系"（页一二九）。对书不再持"我执"，日思夜想的是四处寻找让书快些漂亮脱手的时机。"我在《洛丽塔》身上赚到不少好处，只是还比不上纳博科夫和吉罗迪亚斯。"（页一四）第二类乃收藏者——视聚书如性命，宁可亏待肉身也不能委屈藏品，甚至翻翻书页都担心它会折寿，哪儿还会把它们看作身外之物？"我拥有（是珍藏着）首版《尤利西斯》七百五十册当中的一册，上面有乔伊斯的签名。只要我一天不去翻开来读，它的品相会一直完好地保存下去。都活了这么大年纪了，我一直都能屏牢了不去碰它，可真是我人生的一大快事。"（页八四）与藏品不能同生，又何妨同死。第三类乃严肃的耽读者或弗吉尼亚·伍尔夫笔下令人生畏的"普通读者"（the Common Reader）——对书的物质形态和价值持"空观"，从文字中汲取纯净精神的"阳光"和"水分"构成了终极的乐趣。只有遇到难缠的文字，他们理解力超前的品位才会淋漓尽致地展露无遗。"《笨蛋联盟》（和《堂吉诃德》一样）里的事件发生不是一件接着一件，依照先后顺序、因果关系或其他因素展开，而是因为每一件事都荒谬地揭示出，伊戈纳休斯正走在通往自由的下坡路上。这样的脉络对于戈特利布也许不怎么样，但是自那以后，对于数百万读者来说，它却显得很了不起。"（页一四八）分而言之，三类"爱书人"的文字，古今中外确有些值得反复玩味的，可像《托尔金的袍子》的作者闲云野鹤般常年混迹于三种"爱书人"中间，且在每一族群里都已历练成精的着实不多，何况尽管角色多变（运动好手、BBC广播节目主持、珍本书商、大学文学教席、独立出版人、无可救药的普通读者），他对书的挚爱总是褪不去他过人的浓烈与深刻。

洞察一个真具资格的爱书人对书爱得有多浓烈与多深刻，我有个基本靠谱的办法，那就是见到他谈书的第一个文字起就要即刻闭上理性的眼睛。你得像虔诚的教徒那样试探性地走近他，然后看看他或快或慢是否也能像虔诚的教徒那样信心满满地走近你，信仰是不是相同倒在其次了。他对书的爱若依然难抑俗世的种种欲望，虽然这欲望被包装得极巧妙，他谈书的文字便根本配不上你痴情的期待；若是他走火入魔竟对着刚刚进入书页依然陌生的你窃窃私语："这些可不是书，不是胶水、油墨和纸构成的东西。它们之于我亲密得如同我找到了一个**灵魂**，它们含藏了我的历史、我内心的声音以及我与超世间的所有维系……我还是那个我吗？**没了书，我还会是谁？**"（同一作者的另一本书《在狗之外》[*Outside of a Dog: A Bibliomemoir*]，页五）不管他是谁，你可以丝毫不设防线跟着他走进他文字的世界了，那儿等待你的一定有魔术师宝盒一样想象不到的大惊奇。不，这还不够。更准确地用作者本人的话说，该是猎手一样机敏的寻宝人才配偶然一遇的"惊险刺激"。正是"惊险刺激"给作者笔下二十部珍本书的艰难身世平添了他所向往的"赏心悦目"的生命力。

谈书涉及掌故才好看。但仅仅凭了辛劳从陈年故纸堆里爬梳出些"死"掌故还算不得大本事。《托尔金的袍子》的作者干脆参与制造一个个勾人胃口的"活"掌故，这本领可就大了。一"死"一"活"之间，岂是"难以望其项背"喟叹得来的：

"一枚炸弹？炸弹呢？我焦急地四处寻找，结果什么异常情况也没见着。这时，我突然想起，我一直在找的是一个圆溜溜、黑乎乎的东西，上头有一根引信，就像动画片《猫和老鼠》里画的那样，上面还写着两个白色的大字'炸弹'。……我做着分娩式的深呼吸，口水也不自觉地顺着嘴角流出来……我又一次把头伸进引擎盖去，忽然，发现里面有很多长得那副模样的可疑物体。有一些大概是汽化器，或是火花塞吧，可我并不知道它们究竟长得什么样子。炸弹！许许多多的炸弹！"（页二三六）血肉即将横飞。逃还是不逃已经或者即将不再是问题。可这位（用他概括某类藏书家的语词）"既沉迷不悟又桀骜不驯""身上有一种神经兮兮的气息"的作者却决定坐回车里，面无惧色地听由老天爷安排。贩书读书琐屑的忙忙碌碌中何时何地修成如此神圣的定力？"我在英国生活了二十五年，已经习惯了英国人的处事方式，因此我选择了后一种：宁愿冒着眼前身首异处的危险，也不愿引起骚动，丢人现眼。无论如何，即便我死，也要死得痛快，我的子孙终究会记得我，奉我为殉道者，甚或是一名英雄。"（页二三六—二三七）我得承认，这一刻，"英国人"三个字简直迷人到了从未品到的极致。我真想即刻抓住他们其中随便哪一位，马上拿出书中第一百一十九页西格弗雷德·沙逊说给 T. E. 劳伦斯的话对他再说一遍："真是一部**杰作**，你这该死的家伙……"当然只有一场虚惊才会让这个掌故有了令人叹为观止的收尾。这位因出版拉什迪另一作品而不得不担心会遭到拉什迪那样死亡威胁追杀的出版人，在他公寓里轻松讲述完这场有惊无险的经历后，他想得意地安慰安慰鼹鼠一般长期生活在恐怖压力下的拉什迪。该怎么回敬他的美意？拉什迪默默沉思了一会儿。"一点也不，我从未有过片刻的恐惧。这个故事只能说明，你是个胆小鬼。"（页二三七）拉什迪的性命我无法预测，但我预测这则掌故会活得很久。

娴熟的故事技巧之外，真诚、绝不做作的坦率令《托尔金的袍子》叫人放心、感觉可靠。这是一部书价值构成的重要基因，如同真人格之于人。关键是，这真诚和坦率不是基于"诗意"的，而是基于"学术"的，且是成色十足的"牛津学术"，与平庸写手们无根基的"俏皮""犀利"毫无干系。"它［《尤利西斯》］是举世公认的二十世纪文学经典，但它也恰恰提醒我们，'经典'一类书籍又会何等令人难说'满意'二字呀。"（页七五）"尽管乔伊斯本人认为《尤利西斯》是明智正常的，充满生机与活力，但它决不是那样的经典之作，不是让人不读就觉得有点儿羞愧的那类书……"（页八三）"这本书［《智慧七柱》］可谓是无人不知，可在我认识的人中只有两位曾实实在在地读过它，之所以这样并非因为该书太晦涩难懂，而是因为它乏味得难以卒读。"（页一一六）"那么 J. K. 罗琳又该被摆放在什么位置呢？我不认为，人们在做出这类评判时可以单单凭借个人的口味嗜好。如果你喜欢伊妮德·布莱顿胜过托尔金，我不会奇怪；但是如果你认为她是比托尔金更卓越的作家，那么，你要么是个涉世未深的孩子，要么是个白痴。"（页二六七）何等令人世和学术的虚伪无地自容的畅快淋漓呵！如果真像作者理解的那样，"它们［书籍］是人生阅历的注解"（作者序页五），我敢放言，对二十世纪英美文学史来讲，《托尔金的袍子》必将是不可或缺的有力补充，因为它所给出的是让凝固的文学史枯燥刻板的文字在时间中得以重生的真血液。仔细读读第六十七页和第六十八页作者行云流水般评点美国二十世纪五十年代到垮掉的一代几十年文学变迁壮景的那三段文字会泄露我放言的底气：区区五百个字都舍不得用完，而且字字中的！

《托尔金的袍子》的作者对按照自己的意愿彻底俘获读者的耐心颇有些自负，虽然他谦逊地表白"心里没底"（作者序页七），可那暗暗的期许白纸黑字摆在那儿，尽管绕了个一点都不大的弯："如果有人能从中读出某种章法秩序，那我只能佩服。"（前揭）其实，要依了让作者"佩服"的指点，仅仅把它当作短篇小说集或诗集来读，反倒封住了它通向其他交叉小径的可能——为什么不是历史？不是收藏心理学？不是阅读和写作的哲学呢？比如走向这样的小径——我说过《托尔金的袍子》流的是真血液。真血液就抑制不住蒸腾的血性。稍不留意，本来意在射向他人的无情之箭会突然掉转箭身射向作者本人。"我不相信，他们能够闲庭信步地骑着骆驼驰骋沙漠，或胸有成竹地指挥二次世界大战。相反，他们的自我感觉一定都受到他们把自己和某个英雄人物相互关联的想象的激励，以使得自己形象高大。"（页一二四）显而易见，作者对 T. E. 劳伦斯和丘吉尔的痴心收藏者难掩鄙夷和厌恶。为灭那些人自以为是的气焰，他甚至搬来荣格为他撑腰，虽然让荣大人屈尊在括号里。这种诉诸外在权威的"不自信"在他通篇游刃有余的娓娓讲述里竟显得那样 rare（"珍稀的"）。不幸的是，荣格的"心理膨胀说"没灭得了对手的"自我身份"认同，反点燃起我诘问作者的烈火。再向下深究，说不定能彻底颠覆掉"没了书，我还会是谁？"这一作者"自我身份"认同的凛然霸气：如果那袍子不属于托尔金，如果那不是纳博科夫签赠给格林（Graham

Greene）的《洛丽塔》，如果那通从美国打来的怒不可遏的电话涉及的不是塞林格，如果待售图书目录第三号第一百二十四条不是乔治·奥威尔的亲笔信，《托尔金的袍子》找到读者的概率会有多大？《托尔金的袍子》用汉语讲述一遍的必要性又有多大？减去great（"伟大的"），减去rare（"珍稀的"），《托尔金的袍子》还剩下什么？毕竟芸芸众生匮乏的永远是"伟大"和"珍稀"，那么，收藏"伟大"收藏"珍稀"难道不是变相企及人生"伟大""珍稀"的唯一捷径吗？如此解构之后，除了《三故事与十首诗》一章里作者姑妈把"收藏"和初夜的性快感联系在一起外，我们竟意外得到了又一个关于隐秘收藏心理的精辟完美的注脚。这个大收获怎么就轻而易举逃过了作者处心积虑的安排呢？

当俗世的人生快要向人类积累起的真正智慧不屑地关闭起它本该谦卑倾听的两耳时，我们幸运地捕捉到了一个微弱却令人猛然警醒的声音："Who am I, with no books?"这声音既不来自讲神秘希伯来语的上帝，也不来自讲优雅高贵拉丁语、法语的笛卡尔，或讲精准深刻德语的康德。它来自一个我们昨天、今天或者明天在沃里克或伦敦的一条街道上随时可能与之擦肩而过的凡人旧书商。要命的是，他嘴里流出的是充满年轻活力却偏偏与神启向不搭界的美式英语。他曾是美国人，二〇〇八年六十三岁时入了英国籍。二〇〇九年，他还写了本同样引人入胜的谈书小著《在狗之外》，开创了今日已归在他名下，以人生回忆为起兴，串起书之漫忆的"书忆体"（bibliomemoir）。他叫里克·杰寇斯基（Rick Gekoski）。

古人云：有一时之书，有一世之书，有万世之书。不错，《托尔金的袍子》是作为"一时之书"降生的，但只要书和书的收藏不会濒危到灭种，只要人类还时不时惦记着《尤利西斯》、惦记着《洛丽塔》，它走向未来成为一本"一世之书"还是极有可能的。

在阅读中谱写出他的一生

读，读，读。谁（莱斯利·斯蒂芬［Leslie Stephen］？）
说过吉本是在阅读中谱写出他一生的？

——Alfred Kazin, *Journals*, December 4, 1938

　　几场冷雨过后，窗外虫鸣竟水洗了似的如缀满夜空的星星那
样清晰分明了。入夜，忽然有心情从书架取出《托尔金的袍子》
的作者里克·杰寇斯基"书忆体"回忆录《在狗之外》。翻过扉
页，目光落在给了杰氏书名灵感的美国喜剧大家格劳乔·马克思
（Groucho Marx）幽默温馨的两句话上："Outside of a dog, a book is
man's best friend. Inside of a dog, it's too dark to read."（在狗之外，
书是人的挚友；在狗之内，暗得无法展读。）这才意识到在寂寞的
角落里它等了我两年。愧疚不该如此怠慢这册难得的作者签名本，
尽管那字迹优雅、一语双关的"Another one, of me ..."是二○○九
年八月二十五日题赠给一个名叫拜伦（Byron）的人，于我丝毫
无关。这又何妨？我在乎的只是"又一个杰寇斯基"，还有他呼
吸一般鲜活的暗蓝色笔迹。也许，甚至从根本上说，秋天才是该
真正捧起一本"回忆录"的季节，因为只有秋天才会令夏多布里
昂从中读出"同我们的命运有神秘的关联"这样的含义："它如同

我们落叶般的岁月，它如同我们落花般逐渐枯萎的年华，它如同我们云彩般飞逝的幻想，它如同我们逐渐变得暗淡的智慧，它如同我们阳光般逐渐变得冷漠的爱情，它如同我们河流般冻结的生命……"（Chateaubriand, *Mémoires d'outre-tombe*［《墓畔回忆录》］）

　　我知道，季节适宜，可眼下自己的行为未必对得起"时代精神"。在"现代科学"终被"技术即科学"（techno-science）所取代的"后现代"，人类挟互联网投下的"信息炸弹"（la bombe informatique，哲学家保罗·维利里奥［Paul Virilio］语）唱起"古腾堡"挽歌之时，在文学评论家哈罗德·布鲁姆（Harold Bloom）直面屏幕当道（电视、电影、电脑）无奈发出的"视觉的文化将要终结想象的文学"（a visual culture will end imaginative literature）这一断言一天天逼近真实之时，为什么我偏偏还要在乎无籍籍声名的杰寇斯基和他这本同样无籍籍声名且装填在渐渐老去的纸张里的"回忆录"？是恋恋不舍纸质书这一思想存在的亲切熟悉的形式？是想在"回忆"凝结的"历史"中寻到某种可靠的、不再令我目眩的心灵寄托，哪怕是暂时的？似乎不是。纪德说：回忆录向来只有一半是可信的。它从不为心灵提供"可靠性"的港湾。当然我也没带着一厢情愿的野心期待普普通通的它会像圣西门、卡萨诺瓦、夏多布里昂、丘吉尔"长河小说"般"回忆录"那样描绘出令世人惊叹的"历史"长卷。在海德格尔看来："历史"只有在"此在"死亡时才成为可能。杰寇斯基还硬朗地活着，连期待都不应该期待。我更缺乏"理论书评者"（a theoretical reviewer）的高度：把社会当成戏剧，以种种花哨的角度在相关不相关的文字里萃取所谓"社会形成之时文本所起的作用"或"在社会戏剧里扮演的角色"。

舍此，我还能为我放不下杰寇斯基找出一个恰当的理由吗？葡萄牙诗人佩索阿（Fernando Pessoa）因为不知道自己究竟有多少个灵魂，"于是恰如一个陌生人，我读我的存在仿佛它是书页。/不知何之将至，/忘了什么已然消逝，/在阅读书页的边上记下/我的所感我的所思/再读它时，我诧异：'那竟然是我？'"（《歌集·1930/8/24》）对，我想看看《在狗之外》的杰寇斯基的灵魂如何不同于《托尔金的袍子》的杰寇斯基的灵魂。我想走进"又一个杰寇斯基"，暗自期许也能诧异地悄悄对他说："那竟然是你？"窸窣作响的书页背后能否撞上这样的运气，由不得我，得靠他。

"回忆"注定是散漫的。"回忆录"却必得有个明晰的开端。"书忆体回忆录"的开端除了直指书与生命难弃难离的纠结外还能期待它指向何方？果然，"引子"拉开，书的天堂就露出了别样的景致：一九七四年英国沃里克郡矿泉疗养胜地皇家利明顿矿泉市（Leamington Spa）。摄政时期排屋中的大宅刚刚翻修一新。四间卧室全摆满了书。俯瞰花园的阳台内侧、大理石壁炉前铺着暗红色加拿大松木地板的大客厅摆满了书。厕所、厨房、过道……"堆积起的书像胚芽样生长繁衍"（《在狗之外》，页三）。刚从拍卖行运抵的大书橱精美绝伦，纯正维多利亚时期桃花心木打造。能存放千部书的十五格空间竟在一个挥汗如雨的周末又被占领。甜蜜自得地巡视吧：高中和大学时几乎翻烂、笔记满满的《一个青年艺术家的肖像》；牛津发奋时几乎手不释卷的全套马修·阿诺德（Matthew Arnold）；队列长长的劳伦斯、乔伊斯、艾略特；助他戴上哲学文学圣殿牛津墨顿文学博士桂冠的完整的康拉德（大部分还是初版本）；华威大学执教时一页页血汗批注的数百册哲学、心理学、文学和艺术书籍……洋溢着诱人书卷气的童话式幸福若照此延展下去，《在狗之外》必定滑进平庸。杰寇斯基够狡黠，笔锋一转，就让我听到"失乐园"悲怆的命运敲门声。从书的角度说，离婚把他几近赤裸地放逐了。竟还要挥别他的格雷厄姆·格林！这是剜他的心。左臂弯枕着新生的孩子，左手扶着奶瓶，右手翻完十五部漫长的书页。多少个难眠之夜？记不清了。可他记着格林那一张张书页里还映着孩子酣甜的睡影呢。愤怒。眩晕。悲痛。他爱书人的灵魂奄奄一息……

　　一九四六年七月巴黎酷暑中，格特鲁德·斯坦（Gertrude Stein）也是奄奄一息。弥留之际，她含混不清地问床边的人："答案是什么？"得不到回答，她再问："问题是什么？"半个世纪后的此刻，书的繁华散尽，现实毫不吝啬给了杰寇斯基一个冷酷到残酷的答案。迈进新租公寓的书房，看着稀疏排列的书架，把拧亮的台灯转向它们，他陷入沉思。答案已有。那么，问题是什么？"看着看着（这寥寥可数的）书，我渐渐辨识出，它们装点的原来不是一个房间，而是一个自我。"（页九）"没有书我才是不可思议的。谁也无法把它们从我这儿拿走，它们就在我体内，它们就是现在的我……我想要知道的是我读过的那些书怎么造就了我。"（页九）这多少有点儿探得海德格尔《论真理的本质》第六节智慧堂奥的味道了："而只有拒绝的东西才可能给出存在于可能性中的东西，黑暗拒绝可视性，而它也同样可以保持视觉：在黑暗中我们看见了众星。"大彻大悟间，那个只有依赖物理性拥有书籍时才存在的外在的"读者"死去了，而他从未意识到的另一个不依赖书的存在而存在的"读者之内的读者"（the reader-in-the-reader，哈罗德·布鲁姆语）奇迹般倔强复活了。接着，这一复活了的读者用十九章计二百六十页篇幅的文字坦率到几乎露骨地描述了他所笃信的"阅读"与"自我造就"这一彼此交融且永无止境的动态过程中六十余年人生岁月同那二十五部（当然它们又牵引出更多）重要的、看似毫不相干却无一不戴着"命中不可避免的光环"出现的书"既惬意又困惑"的相遇、相恋和相依、相携。

格雷厄姆·格林说过："童年是作家银行里全部的存款余额。"（Childhood is a writer's bank balance.）若用"人生"替换掉"作家"，那么幼小生命初次相遇并存留下深深印痕的那本书便不折不扣成为一个读书人在时间维度里存入的最早也是最重要的财富。幸运的话，这财富会如一粒强劲的种子，预设并培植着此后"私人阅读史"与"自我的生成及演化史"之间交互展开的全部生命个性。二十世纪五十年代，电视文化咄咄逼人入侵文字阅读领地之时，终将成为美国大众文化偶像的苏斯博士（Dr. Seuss）送给四岁的杰寇斯基这样一粒强劲的种子——《大象霍腾孵蛋》（*Horton Hatches the Egg*）："我会央求：再来呀！再读一遍！要是太晚了或者求了太多次，我就舒舒服服蜷伏在被单下自言自语重复最后读到的那句特别宽慰人的话：'Because Horton was faithful he sat and he sat ...'（就因为答应过人家了，霍腾他坐在那儿不弃也不离）。我太爱这诗行了，我琢磨，这是由于父亲伯尼（Bernie）活脱脱就是霍腾。"（页一三）"……而我（喜怒无常的）母亲就是那只懒鸟梅齐（Mayzie）。"（页一四）"连一本苏斯博士都没读过，该是多么大的损失啊！他笔下的角色个个天马行空、狂野不驯，人见人爱。孩子们毫不循规蹈矩、完全自作主张的天性体现得那样淋漓尽致。他的世界随时随地都可能分

崩离析：他是吟咏无序和不可测性的儿童桂冠诗人。"（页一九）

　　激情岁月在马修·阿诺德视为提供了"美与甜蜜这完美人性所必备特质"的牛津大学燃烧净尽之后，越来越厌恶学术圈的"虚伪"和自命不凡的所谓"文化人"而决定给自己"去去智"（becoming less intelligent，页二一六），以期从"学院生活"之外重新找回渐被高深莫测抽象理论统驭的学院派文学教学"制度化了的"那个"真我"，一九八四年杰寇斯基没有一丝留恋地辞掉华威大学英文系教席，因为曾经的理想中的学术殿堂"僵化了我情感和思想的活力，耗干了我乐趣的源泉"（页二二三）。当他大胆自豪地拥抱"珍本书商"这一前途未卜、令人有些错愕的边缘角色时，思维无极限的苏斯博士是否在他潜意识里还魂？我不知道。但显然脱离母性的乳房期又告别失去成年人体温的奶瓶期之后，耐心、平和一如霍腾的父亲为小杰寇斯基带来了充满神奇力量与幸福滋味的"爱"的恒久替代品——文字阅读。六十年后，逆时间之流而上静静梳理究竟是什么构成了他这部"思想性和个人性回忆录"的基石时，杰寇斯基吃惊地发现——"［阅读那些书］不断重复的动机竟是探寻对爱的本质的理解。"（页二七三）

　　一九六二年，杰寇斯基入宾夕法尼亚大学读本科。本科期间，嗜书如命的他苦研古代圣哲、苦研蒙田、苦研伊拉斯谟、苦研斯宾诺莎、苦研莱布尼茨。然而，这些伟大的文字偏就没能打开通向他心灵的隐秘小径。"直到有一天我们开读笛卡尔的《沉思集》（*Meditations*），我变得兴奋不已。"（页六九）"初读休谟《人类理解研究》（*An Enquiry Concerning Human Understanding*）更把我震呆了。"（页七〇）笛卡尔的怀疑论被休谟推至崭新的境界。"基于理性的怀疑"终于释然地取代了高中时塞林格《麦田里的守望者》（*The Catcher in the Rye*）深深注入他青葱躁动血液里令他困惑无助的"基于情感的怀疑"。文字阅读于是展露出劈开现实的力量：

> 一个星期六的下午，我和女友刚刚在床上缠绵完，她把头依偎在我臂膀，问我是否永远爱她。这一刻我不可能不爱她，可我还是避实就虚没有直接回答。
>
> "我不知道我怎么能够这么说。"我说。
>
> 她猛地扬起头，眼里充满泪水。
>
> "为什么不能，你怎么啦？"
>
> "简单说，这种事谁也无法确定，不是吗？"我问道，用的是我开始在学术争论中使用的那种令人恼火的、华而不实的声音（仍然如此）。
>
> "那你爱上了别人？"她问。
>
> "当然没有！"想哪儿去了！
>
> 我跟她解释休谟对归纳法的论证，我有把握能够说清楚，在哲学的真诚前，为什么我不能承诺一个其实是无法确保的事情。
>
> 她耐着性子听着，在我一番大道理之后，她站起身开始穿衣。
>
> "我觉得该去吃晚饭了，"她说，"我饿了。"（页七一）

阅读和人生就这样了无痕迹溶化在一起从此难分彼此。"……安吉拉·卡特（Angela Carter）说：'你把你对世界的全部体验带进一部小说或者你读的任何东西。'……但如果将卡特的公式倒个个儿，宣称你把你从小说中读到的一切带进你的生活和生命，……这话题会有趣得多而且绝少有人研究过。"（页九）杰寇斯基用他几近倾其一生的体悟积淀所精心营构的"书忆体回忆录"率真、动人地对这一话题做了引人深思的有趣解答。如果《托尔金的袍子》颇有代表性地展示了令爱书人折服的"杰氏品味"的"所读"（who and what he reads），《在狗之外》则不仅又一次"系统地"呈现了"杰氏所读"一贯的"品味"，更不加保留、精彩深入生动地将他只眼独具的"如何读"（how he reads）娓娓道了出来：

> 我们以手指触摸 / 触动着文本，与此同时文本也在触摸 / 触动着我们……阅读中我们学会如何把我们自己（ourselves）同我们自己，同其他人，同整个世界紧紧联系在一起。（页二七五）

秋天是独独属于"回忆录"的季节。秋夜里，借着杰寇斯基记忆的光亮，我真切看见了那些织进作者生命肌理的书页怎样像永恒的投影有力地掠过他生命变幻的天空。不，怎么会是掠过？是停留。是占有。是彻头彻尾的征服。没有亲密而刻骨的交集，生命何以会从书中或者书何以会从生命中获得真正的意义和力量？

一生沉湎于西方大经典的哈罗德·布鲁姆时至今日仍顽固守护着他著名却又饱受争议的诗歌创作论——"影响的焦虑"（Anxiety of Influence）。他坚信每一位大诗人都无法逃避同其前辈的殊死角力，借了种种"误读"（misreading），在大焦虑中通过

"重写"（re-writing）他们来挣脱他们的影响，令含藏于其身的那个"诗人之内的诗人"（the poet-in-a-poet）脱胎而出。如果这可以被称之为"诗歌创作现象学"的话，自嘲不擅长抽象概括的杰寇斯基则借了他"书忆体回忆录"毫不含糊地将我们引向"阅读现象学"——"重读，我们会同我们过往亲近又陌生的一个个自我相遇，那就是阅读。这一过程复杂得出奇，而勾勒我们阅读经验轮廓的同时，我们无疑是在一读并且再读我们自己"（页二七四）。"我的确明白了一些东西。我读的书造就了我。通过它们我认识了我自己。通过我自己我认识了它们。"（页二七二）

　　塔古斯河美过那条流经我村庄的小河／但塔古斯河却又美不过流经我村庄的小河／因为塔古斯河不是流经我村庄的小河。（《牧羊人·二十》）

　　这不期而至的诗句不经意间竟像是为我揭开了杰寇斯基头脑里思考着的关于一本书同一个人之间"神秘的关联"的终极奥秘。莫非，他在呼应布鲁姆而且颠倒了他的理论，暗示着越是真正的读者，或越是真正的书合该患上另一种大焦虑——我暂且称之为"无影响的焦虑"（Anxiety of Non-influence）？面对一部真正的书，不受影响的读者怎能称得上是真正的读者？面对一个真正的读者，不具影响的书又怎能称得上是真正的书？莫非，杰寇斯基想对我说的其实是：书是河流。它文字连绵不断的意义和力量之水唯有深深流过你向它坦白敞开的生命才算属于了你，就像真正奔腾的美只可能属于流过佩索阿村庄的那条小河。

消

夏

牛津:"久远的往昔"

——书蠹牛津消夏记之一

六月二十七日　星期六　伦敦

英伦六月是惬意的初夏。伦敦郊外，时不时见初夏使者云雀从草甸尖厉欢叫着冲向晴空。对大自然而言，这是叶与花的时节。稍后的七月进入盛夏，盛夏会惊雷暴雨不断。除了雏菊、原生兰花和罂粟怒放外，盛夏主要预留给了果实和种子。自然生命的展现和积淀便在初夏和盛夏之间沉稳轮换着角色。

此时，通往伦敦西北五十英里之外牛津的沿路景致正展露着初夏的尾巴：树与灌木的叶子出落得饱满；一片片田野黄绿交错，田野上点缀着白色的羊、黑色的马或棕色的牛；微风中，伦敦伸向牛津的夏天，携丛丛蓝色的勿忘我或粉色、白色的野玫瑰或黄色的金凤花，絮语般延展在我来不及疲倦的眼前。

伴着英伦颜色鲜明的夏季韵律，我急切行进的视野里，古老历史的景象已迫不及待叠加在车窗外飞驶的现实的景片上。

大文人、辞书编纂家约翰逊的牛津。诗人雪莱的牛津。主教纽曼（John Henry Newman）的牛津。小说家、剧作家王尔德的牛津。《爱丽丝漫游奇境记》作者卡罗尔和故事真实主人公小爱丽丝的牛津。《指环王》作者托尔金的牛津。《纳尼亚传奇》作者刘易斯（C. S. Lewis）的牛津。《威尼斯的石头》《近代画家》作者拉斯金（John Ruskin）的牛津。《布莱顿棒糖》《问题的核心》作者格林的牛津。《献给艾丽斯的挽歌》主人公——小说家、哲学家艾丽斯·默多克的牛津。

牛津，一个天才的光芒世代不熄的地方。

牛津，我知道，你的胸怀常常大开：莎士比亚数次驻足过；伊拉斯谟执教过；霍布斯和洛克在此种下哲思的种子；艾略特、叶芝和奥登在此酿制诗的灵感的琼浆。

牛津，我知道，你的眉头有时紧锁：尚未扬名的史家吉本，在皈依罗马天主教后，迫于压力，不得不愤愤离开；"情色旅人"、《一千零一夜》译注者理查德·伯顿求学时，冒犯校规遭除名后，驾马车碾过三一学院的花坛，一边向路边惊愕的女子送着飞吻，一边毫无悔意地驶过高街（High Street）扬长而去。

牛津，我当然知道，《智慧七柱》的作者、"阿拉伯的劳伦斯"辞世后，他母亲为儿子立的墓碑上，仅仅选择刻下"牛津全灵学院院士"（Fellow of All Souls College, Oxford）这几个字，作为其一生唯一傲世的成就。

牛津，从十二世纪蒙茅斯的杰弗里（Geoffrey of Monmouth）写出《不列颠诸王史》（History of the Kings of Britain）算起，九百多个初夏过去，盛夏过去，你也就浸在光阴的耐心里，一步步等于了历史、等于了哲学、等于了文学。

牛津，二〇一五年六月，自然生命从展现开始迈向积淀的这个夏天，我要躲进你繁茂沁凉的历史、文字、诗思的浓荫里，洗涤洗涤落满尘世之灰的心，为精神的秋天和冬天存储几枚耐啃的果实。

六月二十八日　星期日　牛津

雨住放晴。阴凉。途中小镇休息一晚，午后抵牛津。入住牛津大学中心区的哈里斯·曼彻斯特学院（Harris Manchester College）。

神父、牛津大学执行副校长、哈里斯·曼彻斯特学院院长拉尔夫·沃勒（Ralph Waller）博士在学院庭院中迎接。寒暄后，邀请我上办公楼顶楼天台一睹牛津全貌。沃勒先生让我们在门厅稍候，自己拿起一把哈利·波特式长柄扫帚，说楼内通向天台窄得仅容一人的螺旋石梯久未迎宾，要先开路扫扫蛛网。令人感佩。

登上天台。凉风习习，极目处，背衬蓝天白云，土黄色基调烘托下，垛墙、风化的暗黑色楼顶、钟楼、穹窿和各式各样的尖塔一下子把人带进古老迷离的幻境。当年懵懵懂懂读十九世纪牛津诗人、文化评论家马修·阿诺德描述牛津的句子，才清晰找到它们栖身的"现实文本"："那座矗立着她梦幻尖塔的甜蜜之城"（that sweet city with her dreaming spires），"那个安顿无望者的家"（home of lost causes）。

下午三时，庭院中，沃勒先生室外下午茶招待。绿茵草坪竟无蚊蝇骚扰，甚奇。晚六时四十五分学院餐厅阿洛什厅（Arlosh

Hall）正装晚餐。吊灯、挂满三面墙的学院名流肖像油画和木桌上静静燃烧的蜡烛营造着学术意味的温馨。长条木桌两侧学友两两隔桌相对。院长沃勒博士摇铃，餐前祷告，众人入席后致简短幽默欢迎辞，谓本院虽年轻，依迁入时间一八八九年排序，在牛津四十所学院中列于队尾；学生人数最少，因只招收二十一岁以上的"成熟学生"，本科加研究生共两百人；本院大厨在全牛津却数一数二，会拴牢众人的味蕾；学院庭院空气奇佳，发现氧气的约瑟夫·普里斯特利（Joseph Priestley）乃本院最早一批教员，虽说那时本院还未从曼彻斯特正式迁入牛津。

住学院内小招待所。一卧一卫，面积十平方米左右。室内简朴。光线充足。单人木床两张，小木书桌一张，转椅一把。没有空调。没有电话线。铺着灰色地毯的小小空间却有冬天用的烧柴壁炉。简单中带着奢侈。壁炉两侧墙内嵌有空着的数层放书格。不折不扣，真是读书人与世隔绝的栖身家园。

睡前，拿出《伊利亚随笔（初编末编）及未辑文合集》（*The Essays of Elia and Eliana*）。昨日途经伦敦郊外小镇书店以六英镑购得。伦敦：乔治·贝尔父子出版社（George Bell & Sons）一九〇三年初版。小开本。枣红色全摩洛哥皮精装，书封、书脊、书底烫金。书页顶口底三边刷大理石纹。正文四百八十四页。扉页印芬登蚀刻的瓦格曼钢笔绘兰姆正面大半身像。极传神。兰姆身着大翻领西装，一头蓬乱卷发，满是胡茬的嶙峋脸上，一双眼睛忧郁地看着前方。此版自称是第一部"兰姆本人删改之文复原版"。仔细比照正文与文间括号中复原补足的作者删去的文字语句，兰姆仿佛就坐在面前，一提笔踌躇，再提笔斟酌，静默里露出散文大家笔底运思功力的大秘密。我庋藏的六七种兰姆散文书信全集，《伊利亚随笔》别集中，这是个有趣的版本。品读《牛津度假记》（"Oxford in the Vacation"）。

久远的往昔，你神奇的魔力究竟为何物？它一无所是，却又无所不是！你**在**的时候，并不是什么往昔。那时，你一无所是，因为在你之前还有（你称之为的）更久远的**往昔**。回望它时你带着盲目的崇拜。你自己看看自己，却觉着不过是乏味的、稚嫩的、**"时新的"**！……那强健的未来，为什么无所不是却又一无所是！而那逝去的过往，为什么一无所是却又无所不是！

兰姆原文：

Antiquity! thou wondrous charm, what art thou? that, being nothing, art everything! When thou *wert*, thou wert not antiquity – then thou wert nothing, but hadst a remoter *antiquity*, as thou calledst it, to look back to with blind veneration; thou thyself being to thyself flat, jejune, *modern!* What mystery lurks in this retroversion? ... The mighty future is as nothing, being everything! the past is everything, being nothing!

Charles Lamb, "Oxford in the Vacation",
The Essays of Elia and Eliana, London: George Bell & Sons, 1903

兰姆，这就是你苦思冥想的牛津迷人的魔力吗？今夜，跟随着你，我已经从牛津的"现在"开始踏入牛津那"久远的往昔"。

六月二十九日　星期一　牛津

晨八时早餐。七时五十分许，学友数人在餐厅门旁花丛前闲聊等待。黑色铁箍木门紧闭，似仍在睡梦里。八时整，院内钟楼报时钟声响起，刹那间大门准时打开。脑中浮现出《大卫·考波菲尔》开篇的描摹："时钟当……当……敲起来时，我正呱呱坠地。"严谨守时得一丝不苟，肃然起敬。九时十五分 IT 部门技术员介绍牛津大校区局域网使用细节。领牛津主图书馆入门卡。十时三十分，茶歇。步出学院东侧门，左拐，散步至东向正门对面的"乔伊特小径"（Jowett Walk）。这条小径以十九世纪牛津古典学、神学名家本杰明·乔伊特（Benjamin Jowett）命名。终身未娶并极大影响了维多利亚时代英国人刻板性道德观的乔伊特倾十年之久严谨劳作翻译了柏拉图全部的《对话》。《柏拉图对话集》（The Dialogues of Plato），兰登书屋一九三七年初版（乔氏此译作，麦克米伦一八九二年初版，牛津大学一九二〇年重版并修订，兰登书屋版使用的是牛津第三版即最后修订版），哈佛大学教授拉斐尔·迪莫斯（Raphael Demos）作序，正文、边注加索引共一千一百一十八页厚厚两大卷学问和心血之作，是柏拉图英译史上划时代的丰碑，是我皮藏的另外两套二十世纪多人英文全译本外常常翻读的心爱之册。两套多人全译本分别是：伊迪丝·汉密尔顿（Edith Hamilton）和亨廷顿·凯恩斯（Huntington

Cairns）编辑，普林斯顿一九六一年初版，一九六三年修订二版的《柏拉图对话合集》（*The Collected Dialogues of Plato Including the Letters*）；约翰·M. 库珀（John M. Cooper）和 D. S. 哈钦森（D. S. Hutchinson）编辑，哈克特（Hackett）一九九七年初版的《柏拉图：著述全编》（*Plato: Complete Works*）。

树荫下，走在短短的小径上，我悄悄对乔伊特先生说出了我心存许久的感念。无论新的学术史如何重新评价他的研究和译作，对我而言，他永远是第一个通过柏拉图将我带上思索真理的人生小径的可信向导，是一位和蔼、耐心、博学、睿智，但是刻板得有些倔强的学术大师。

学院午餐后，逛东西向主街宽街（Broad Street）上已有一百三十六年经营历史的著名学术书店"布莱克维尔"（Blackwell's）。书店第三层一半的空间辟给了"珍本部"。这里真是一个书蠹消夏的圣地。几十个沿墙依势排列开的高玻璃门书橱内，一部部难觅的精品孤傲地栖息在那儿，挑战着巡视者的品位和决心。滴水未进，流连四个多小时后，选购书十一种，品相极佳，均是我海外猎书三十年来，要么无缘见到，要么因品相不佳等原因遗憾放过的。

D. H. Lawrence, *Lady Chatterley's Lover*. 此为《查特莱夫人的情人》一九二八年佛罗伦萨的琼蒂娜印刷厂（Tipografia Giuntina）印制，非公开发行的初版。此版印一千册。此册编号二七。书名页前的扉页，编号下方有作者劳伦斯的签名。正文三百五十六页。毛边，部分书页未裁。原桑葚色纸板精装。书封正中印黑色"劳伦斯凤凰"标识。书脊上方贴长方形暗白色粗纸标签，以黑色字印书名及作者名。原装奶油色无图案书衣。前一藏家布赖恩·芬威克-史密斯（Brian Fenwick-Smith）特制深褐色布包硬纸板蚌壳式书匣，匣盒翻盖儿的内里贴藏书票一帧。此书未删节版正式在英国出版，要等到一九六〇年伦敦法院陪审团十二名陪审员一致裁定企鹅出版社出版此书无罪之后。

Virginia Woolf, *The Common Reader*, The Hogarth Press, 1925. 初版，印一千二百五十册。正文三百零五页。原四分之一灰布包纸板精装。凡妮莎·贝尔（Vanessa Bell）棕绿双色花瓶装饰封面。灰布书脊自上而下以黑色印书名、作者名及出版社名。《普通读者》两编中，此初编的英国初版极为难得。此版几年前曾在美国入藏一册。纽约的哈考特与布雷斯公司（Harcourt, Brace & Co.）于同年推出了美国初版。与英国初版只印图案的纸板硬封略有不同的是，美国初版在未印图案的纸板硬封外使用了印有同样图案的纸质书衣。

Virginia Woolf, *The Common Reader: Second Series*, The Hogarth Press, 1932. 初版，印三千二百册。正文二百七十页。原绿布包纸板精装，凡妮莎·贝尔白底红灰双色一女子坐沙发里阅读侧影的装饰书衣。绿布书脊自上而下烫金印书名、作者名及出版社名。此版几年前曾在巴黎莎士比亚书店购得一册。纽约的哈考特与布雷斯公司于同年推出了美国初版，书衣图案相同，只是书名改为*The Second Common Reader*。多年前亦入藏一册美国纽约哈考特与布雷斯公司一九四八年《普通读者》两编合订的精装初版本，此版印二千五百册，正文六百二十七页。深蓝色布包纸板精装。书脊烫金。书衣用凡妮莎·贝尔设计的灰蓝色花饰图案。

Virginia Woolf, *Kew Gardens*, The Hogarth Press, 1927. 初版。大开硬纸单面印正文，正文二十一页。《邱园记事》此版，印五百

册，此册编号六〇。原棕色底纸板精装。凡妮莎·贝尔设计封面及书页正文边饰。乳白色书脊自下而上以棕色印书名及作者名。

Virginia Woolf, *Between the Acts*, The Hogarth Press, 1941. 初版。正文二百五十六页。《幕间》此版，原蓝色布包纸板精装。原凡妮莎·贝尔设计黑白双色花饰书衣。布面书脊自上而下烫金印书名、作者名及出版社名。

Virginia Woolf, *The Moment and Other Essays*, The Hogarth Press, 1947. 初版。正文一百九十一页。《瞬间及其他》此版，原深红色布包纸板精装。原凡妮莎·贝尔设计浅粉底黑白双色花饰书衣。布面书脊自上而下烫金印书名、作者名及出版社名。

Virginia Woolf, *Walter Sickert: A Conversation*, The Hogarth Press, 1934. 初版。正文二十八页。《沃尔特·西克特》此版，原凡妮莎·贝尔设计浅蓝色底黑白双色花饰硬纸封面平装。

Virginia Woolf, *Reviewing*, The Hogarth Press, 1939. 初版。正文三十一页，其中有伦纳德·伍尔夫（Leonard Woolf）的注释五页。此版《回顾》，封面原灰蓝色底以粉色印作者名、书名。平装本。

Virginia Woolf, *A Letter to a Young Poet*, The Hogarth Press, 1932. 初版。正文二十八页。此版《给年轻诗人的一封书简》，原约翰·班廷（John Banting）设计、白色底黑绿双色右手握笔书写的封面。平装本。伍尔夫写给约翰·莱曼（John Lehmann）的此信先期发表于《耶鲁评论》。

Izaak Walton, *The Complete Angler*, John Major, 1823. 二分之一棕色摩洛哥皮包大理石纹纸板精装。六格竹节书脊。第一、五、六格内印烫金花饰。第二格内烫金印书名。第三格内烫金印鱼、鱼叉及鱼篓图案。第四格内烫金印两位作者名。大理石纹蝴蝶页。书页金顶，毛边。细条红色丝绸书签。插画多帧：木刻七十七帧，铜板蚀刻十四帧。沃尔顿的《钓客清话》乃浮躁人生的"习静"（study to be quiet）宝典。三十年来，我已入藏不同插画版本数册。此版书题中用"complete"一词而非通常的十六世纪拼法"compleat"，罕见。

Anna Brownell Jameson, *Sacred and Legendary Art*, Longmans, Green, and Co., 1872–1874. 第三版。红色全摩洛哥皮烫金花饰精装。大理石纹蝴蝶页。封面内蝴蝶页正中贴藏家 G. R. 尼古拉斯（G. R. Nicolaus）藏书票一帧。六卷。书页三边烫金。六格竹节书脊。第二、三格烫金印书名及作者名。其余烫金印花饰。封面、封底烫金印四朵菱形花饰把角的三线装饰框。此《基督宗教艺术探胜》皇皇六卷巨编为英国作家、女权主义者、艺术史家詹姆森（Anna Brownell Jameson）夫人基督教艺术研究的代表作。全编收著作四部：《美术中的天使及圣徒》（*Sacred and Legendary, Containing Legends of the Angels and Archangels, the Evangelists*，初版于一八四八年）、《美术中的隐修会诸派》（*Legends of the Monastic Orders*，初版于一八五〇年）、《美术中的圣母玛利亚》（*Legends of the Madonna*，初版于一八五二年）、《美术中的主基督的历史》（*The History of Our Lord*，初版于一八六四年）。第四部，作者生前未及完成，身后由其好友、伦敦国家美术馆馆长伊斯特莱克（Charles Lock Eastlake）爵士的太太伊丽莎白·伊斯特莱克（Elizabeth Eastlake）夫人续完。难得的是，此巨编配有大量插图和蚀刻版画，而这些插图、版画大半出自作者之手。

亲手触摸几百岁的老书页

——书蠹牛津消夏记之二

六月三十日　星期二　牛津

　　闷热。上午九时入宽街北侧的威斯顿图书馆（The Weston Library）阅览。此馆建筑中心呈四方形，完成于一九三六年至一九三九年，可入藏五百万册典籍。对应于旧馆（the Old Library）"饱蠹楼"（the Bodleian Libraries）而称为新馆（the New Library）的威斯顿馆主要收藏原存于"饱蠹楼"及其南面巴洛克风的图书馆拉德克利夫圆楼（the Radcliffe Camera）等处的手抄与印刷典籍珍本。

　　下午二时，在学院老餐厅看特为安排的馆藏古书展。第一次可以亲手触摸翻看活过数百个岁月的老书籍和老书页，恍然如在梦中。人间文字珍宝，牛津藏得太多太多。也许正因如此，牛津才展现出愿与人类慷慨分享的大气度。其实，马修·阿诺德当年早已精确揭示了牛津大气度的本质：它所致力浇灌和培植的乃是牛津人不懈追求美与甜蜜的大情愫（this our sentiment for beauty and sweetness）。

眼界大开。记录几册难忘的：

一、"摇篮本"（incunabula）。简言之，一五〇〇年以前印刷的古籍统称"摇篮本"。所观之册为一四七四年拉丁文大开本，每页双栏，每栏三十五行至三十八行，每行容字母三十个左右。书页天头地脚书口留白甚宽，天头二分之一栏宽，书口栏宽，地脚二分之一栏宽。红蓝两色手绘衬底浅棕色图案的首字母，每段文字起首空白处均标以红蓝两色提示符。五百四十余年后，颜色的鲜丽依然醒目。有趣的是，见书口三四处留下书虫啃噬的匀整小洞，洞深达二十余张书页厚。

二、一五五一年印制的一册大开本。其硬封内里用印刷商旧拉丁文书籍废弃残页糊制，节省成本兼废物利用。看来四百多年前，也许更早，已有了"回收"的实践。

三、一五五二年拉法对照版《圣经·新约》。大开本。厚近三分之一英寸的棕色木板封面封底上，烫金压印浮凸图案，图案占据几乎整版面。木板硬封右侧上下，嵌有两枚黑色硬铁片环扣，用以锁书。此册美艳，却厚重得只能置于书桌才翻阅得动。

四、一六一三年版英语钦定本《圣经》（*The King James Bible*）。对开本。四角包铜、中镶嵌竖菱形铜饰棕色木板封面封底，极厚重。英语钦定本《圣经》初版一刷于一六一一年，此印应为初版二刷，因两刷无差异。伦敦王室印刷商罗伯特·巴克尔（Robert Barker）承印。书页不印页码。正文前附多页自亚当、夏娃始人物谱系图。亚当、夏娃受蛇诱惑堕入原罪及死亡一图，细节生动令人过目难忘。书页版式迷人，每页双栏，每栏单线框，框内文字七十二行。左栏左侧和右栏右侧各留二分之一寸宽的边注栏。每章除章首段落内容提示以罗马字体印刷外，经文正文均以哥特式花体大字印出。章首，饰以正文章首／隔段装饰图（head-piece）。花饰首字母幅宽，达五行至十一行文字之谱。耐心翻阅，欣喜发现《诗篇》（*Psalms*）一卷竟可集中欣赏二十六个英文字母中的绝大部分。此版一出，即执英国宗教界与文学界之牛耳。其霸主地位直到二十世纪六七十年代才为牛津、剑桥联合出版的《新英语圣经》（*The New English Bible*）所撼动（《圣经·新约》，一九六一年；《圣经·旧约》，一九七〇年；《圣经·旧约》《圣经·新约》合订本，一九七〇年）。史家麦考莱对英语钦定本《圣经》评价颇高，他这样称赞说："假如我们语言写出的所有其他东西都将消亡，单单凭借这一部（英语钦定本《圣经》）就足以淋漓尽致地展示出英语全部的美和力量。"（If everything else in our language should perish, [it] would alone suffice to show the whole extent of its beauty and power.）

五、一六一三年版《希伯来文圣经》。硬牛皮包棕色木版书封。六格竹节书脊。书脊第二格烫金印拉丁文书名 Biblia Hebraica；第四格烫金印拉丁文藏者标识 Librariae Montani，及卷数 I；其余诸格压印横菱形暗花图案。正文部分，上排拉丁文下排希伯来文，逐行对照。卷中每章第一个词前（右侧）缀以类首字母花饰图案，图案幅宽七行文字（拉／希）上下。

六、一册书的内封上，哲学家约翰·洛克留下漂亮潇洒的签字。

七、诗人柯勒律治在斯宾诺莎拉丁文《书信集·卷二》

（*Epistola II*）第四百五十三页留下英文边批和附贴于此页注脚下的五行英文批注。

八、一七〇六年出版的大开本拉丁文《葬仪一览》。翻到一页整幅版面的插画，该插画画的是一座高拱的墓丘。墓丘表面爬满野花野草；丘顶长出叶子不太茂盛的两株矮树。向上掀起画着丘前石质基座正中墓碑的半活页，眼前竟出现了长长的墓穴和墓穴内八具由外向里一字排去的木乃伊样的尸体。透视立体。原来，十八世纪初就有了所谓的多层次开 / 合式"立体书"（pop-up book）。

九、一七三四年伦敦 C. 阿克斯（C. Ackers）印制，从阿拉伯文译成英文并加评注的《古兰经》。正文前有乔治·萨尔（George Sale）洋洋洒洒长导言一篇。书名页，分四行朱墨双色印：THE / KORAN, / Commonly called / The Alcoran *of* MOHAMMED。

欣赏过这些惊艳珍品，书瘾再被勾起。逛布莱克维尔书店珍本部，购书三种：

一、John Milton, *Paradise Lost*, Golden Cockerel Press, 1937. 初版。对开本。金小雄鸡书坊此版的弥尔顿《失乐园》仅印两百册，其中一百九十五册用巴彻勒手工纸（Batchelor handmade paper）印，此册编号一三六。巴彻勒手工纸是以十九世纪七十年代英国肯特造纸商约瑟夫·巴彻勒（Joseph Batchelor）的名字命名的。此手工纸是英国十九世纪后半叶至二十世纪上半叶的纸中精品。其原材料使用的是破碎布料。经巴彻勒的特殊工序，出来的成品古意盎然，纸质厚韧，既宜印刷也宜书写，可依需求加各式复杂的水印图案，抗氧化性强，耐保存。凯尔姆斯科特书坊、金小雄鸡书坊等追求品质和品位的私人书坊多青睐此纸。猎得的此册，朱墨双色印罗伯特·吉宾斯（Robert Gibbings）设计的木刻美术字装饰书名页；玛丽·格鲁姆（Mary Groom）三十八帧木刻文中插画和正文章首／隔段装饰图，毛边。正文三百八十页。原二分之一黑色猪皮包大理石纹布面精装。竹节书脊的凸栏烫金。依照金小雄鸡书坊一九三〇年出版的春季书讯预告，原出版设想是，此册由罗伯特·吉宾斯独立设计全部插画，其艺术风格类似该社埃里克·吉尔（Eric Gill）设计的《四福音书》（*Four Gospels*）和《坎特伯雷故事集》（*The Canterbury Tales*）。成书时却改用了玛丽·格鲁姆的木刻插画。吉宾斯仅提供了一幅简洁到极致却又力道沛然的书名页设计。虽有人认为玛丽·格鲁姆的插画风格与文字版式并非水乳交融，但从手头的成书看，艺术效果毫不逊色。当年，金小雄鸡书坊主人克里斯托弗·桑福德（Christopher Sandford）放言："此书的版式印刷堪称完美，经得起任何印书大家对它品头论足。"

二、*The Homeric Hymn to Aphrodite*, Golden Cockerel Press, 1948.（古希腊）佚名：《献给阿芙洛狄特的荷马体赞美诗》初版。小对开本。金小雄鸡书坊此版为剑桥大学国王学院院士、诗人、古典语文学家 F. L. 卢卡斯（F. L. Lucas）英译。毛边。图文注释共三十六页，每页上半面英文，下半面希腊文。此版朱墨双色，仅印七百五十册，其中编号一至一〇〇为特装本。此册编号七三三。马克·塞韦林（Mark Severin）独立完成木刻插画十三帧及书名页等其他装饰图十一帧。原四分之一白色羊皮（parchment）包深绿色布面精装。绿色布面的封面正中，烫金印塞韦林设计的颇令人回味的图案：一裸女，立于竖起的一片巨型蚌壳中，双手自头后撩起飘逸长发。塞韦林的情色藏书票名气颇大，可惜我对搜集藏书票从未燃起兴趣。今得此册，亦可顺带领略此公的情色想象力，知足矣。

三、Gertrude Hermes, *Wood Engravings by Gertrude Hermes: Being Illustrations to Selborne*, Gwasg Gregynog, 1988. 初版。对开本。毛边。此版仅印二百四十册，其中编号I—XXV，用泽卡尔仿人工纸（Zerkall mould-made paper）印。泽卡尔（Zerkall）是十六世纪德国迪伦南部乡间最早的一个造纸坊。一九三〇年，瑞士裔工程师古斯塔夫·伦克尔（Gustav Renker）将其买下并扩大改造成现代造纸厂。它用机械滚筒式模具模拟手工制纸原理，制成的纸张，质感与手工纸比几可乱真，四边皆毛，可加水印，且纸的纹路多变，或纵横交错，或呈涟漪状，纤维的韧性增强，纸张耐用。二十世纪上半叶，被称为"泽卡尔仿人工纸"的这种纸张，因质地精良，一时颇为流行。这一名称甚至成了"优质纸"（fine paper）的代名词。此版，全皮装二十五册；编号一至二〇〇为四分之一布包褐色、白色相间花饰纸板精装，书脊烫金，自上而下印画家名 Gertrude Hermes，书名 SELBORNE。所购此册编号二八。编号二〇一至二一五，散页未装。正文三十页。六帧整页版面的木刻图。格特鲁德·赫梅丝的木刻原是石楠花之地印书坊计划为纪念怀特《色耳彭自然史》出版两百周年的新版所设计。雄心勃勃的新版因故未出。殊为可惜。命运多舛的英国天才女雕塑家、木刻家赫梅丝一九八三年辞世，这六帧构图精妙的杰作遂成绝响。

响了四百余年的报时铜铃

——书蠹牛津消夏记之三

七月一日　星期三　牛津

盛夏开始。昨晚，英国友人提醒说，气象预报今天酷热将创下牛津历史纪录。信然。晨起，洗漱毕，汗水浸湿的衬衫已紧紧贴在身上。以往，即便是盛夏，牛津也多是早晚凉爽。难怪室内不见空调。

上午九时，学院内吃过早餐，步行去牛津大学"饱蠹楼"阅览。"饱蠹楼"乃牛津大学"公共图书馆"，是世上最著名的学术图书馆之一，是学者、书蠹的麦加、耶路撒冷。馆藏书籍（手抄典籍与印刷典籍）逾一千一百万册。"饱蠹楼"新旧馆馆藏文献典籍数量之巨，实归因于其创建不久，牛津大学一六一○年即与当时的"伦敦书籍出版经销同业公会"（Stationers' Company of London）达成协议：凡公会成员所有印品均当免费赠存一份给该馆。此协议后经一七一○年的《安妮法令》（Statute of Anne）正式确认，使得"饱蠹楼"成为英国最早的"版权图书馆"（copyright library）之一，直至今日。

自宽街南侧拾阶而上，过两排廊柱支起的克拉伦登楼（Clarendon Building）拱门，步入土黄色碎沙石铺出的克拉伦登方庭（Clarendon Quad），方庭东向的街对面是悬空飞架的"叹息桥"（the Bridge of Sighs）。继续向南，再穿过一道窄而矮的拱门，就到了"饱蠹楼"正门（the Proscholium）所在的"老学堂"方庭（Old Schools Quad）。"饱蠹楼"正门东向。正门两侧，依次环列着以拉丁文标示的老学堂院室十间，如 Schola Moralis Philosophiae（道德哲学学院）、Schola Grammaticae et Historiae（文法与历史学院）、Schola Lingvarvm Hebraicae et Graecae（希伯来语与希腊语学院）等。正门前，担任过牛津大学校长（一六一七年至一六三〇年）的彭布罗克伯爵（the Earl of Pembroke），一身黑色骑士戎装的青铜全身塑像矗立在高高基座上，迎着早晨的太阳。

眼前古老的氛围把我拉回十六世纪，拉回它的缔造者、牛津出身的托马斯·博德利爵士（Sir Thomas Bodley，1545—1613）所处的时代。

一五五三年十月一日，亨利八世之女、信奉罗马天主教、下令焚烧了近三百名异端分子、史称"血腥玛丽"的玛丽·都铎（Mary Tudor）正式登上女王宝座。信奉新教的博德利之父约翰·博德利为避迫害，不得不举家离开英国，流亡日内瓦。在日内瓦，少年博德利得以拜名师修习希伯来文、希腊文和神学，对近代欧洲语言产生了浓厚兴趣。一五五九年一月十五日，信奉新教的伊丽莎白一世登基。该年岁末，博德利一家终得返回家园，定居伦敦。聪慧的他，十四岁即入牛津大学莫德林学院。本科毕业后，次年，成为墨顿学院院士。而立之年的博德利，为一腔报国的政治热情所驱动，离开墨顿象牙之塔，告别牛津，凭早年打下的坚实欧洲语言基础，频频代表英国出使欧洲诸国。五十五岁后，参透政治的无奈和无聊，他归隐牛津。然而，撒手国是的归隐没能驯服他不安分的个性。政治抱负之火熄灭的灰烬中，再次燃起旧日学术激情的火苗，这火苗借着他的财富和想象力，竟清晰地照亮出一座未来世界学术宝库的宏大蓝图。这蓝图就是一六〇五年近代科学的奠基人弗朗西斯·培根称为"拯救学问于滔天洪水中的方舟"（an ark to save learning from deluge）、二十世纪三十年代求学牛津的钱锺书传神戏译为"饱蠹楼"的博德利图书馆（the Bodleian Library / the Bodleian）。

一五九八年二月，博德利向牛津大学副校长建言，修缮恢复兴建于十四世纪但后来几遭废弃的大学总图书馆（university library）。一五九九年，博德利委任新学院院士、有着同样新教背景的托马斯·詹姆斯（Thomas James）担任第一任馆长。一六〇〇年六月修缮竣工。一六〇二年十一月八日，尽显十五世纪风格品味的"新馆"开放。一六〇四年，博德利封爵。同年，"新馆"正式命名为"the Bodleian Library"。一六〇五年，詹姆士一世临幸"饱蠹楼"。那天，英王饶有兴致，在馆里勾留良久，仔细翻阅架上陈列出的手抄典籍和印刷典籍，一时看得兴起，当下放话博德利："今后凡在王室藏书处看上的任何手抄典籍，均可随时调进他的图书馆。"老成的博德利虽受宠若惊却没有当真。后来的历史证明，"饱蠹楼"除得到钦赐的一套英王本人并不高明的著述外，这番慷慨不过是君王兴头上说说而已。临别，年轻时热衷过学问的詹姆士对博德利袒露心迹："若不当国王，我愿任一大学教席。若不幸沦为阶下囚，容我选择，我甘愿囚禁在你的藏书楼，为铁链所缚，就像那些铁链所缚的书。"随口说出的这几句话倒像是出自他的内心，因为他自己也知道他用的全部是虚拟语气。

"饱蠹楼"之所以成为"饱蠹楼"，那是因为博德利周游列国的视野在他入藏典籍的标准和品位方面打下了严苛学术底色。值得一提的是，即使在一六一三年博德利辞世后，第一任馆长托马斯·詹姆斯仍不遗余力严格遵循博德利定下的规矩：古希腊罗马作家、基督宗教的早期教父、欧洲国家新教改革家以及他同时代的英国国教神父——只有这些人的著述才名正言顺陈列于此。一六二〇年，托马斯·詹姆斯去职后，诗人弥尔顿的朋友、第二任馆长约翰·劳斯（John Rouse）才把入藏的森严大门向英语文献敞开，莎士比亚等人的文字终于带着尊严开始占据"饱蠹楼"书架宝贵的一席之地。

遐想中，一阵清脆的铜铃声将我唤醒。看看手表，晚六时五十分。一位中年男图书馆员手摇铜铃缓缓穿过几间安静的阅览室，提醒七时闭馆时间已到。

合上翔实的《饱蠹楼简史》（Mary Clapinson, *A Brief History of the Bodleian Library*, Oxford: Bodleian Library, 2015），抬头见窗外天光正亮。忽然意识到，刚刚流进两耳的声音神奇得有些不可思议。"饱蠹楼"的历史做证：一样的天光里，这清脆的报时铜铃声从博德利时代一响竟响了四百余年。

七月二日　星期四　牛津

上午逛高街一〇六号牛津大学出版社书店。书店两层店面所在的灰楼是建于一三二〇年的"台克里栈"（Tackley's Inn）。这是牛津仅存的几幢中古学堂（medieval academic hall）之一。

二十世纪四十年代，"哑行者"蒋彝伦敦寓所遭到轰炸而来牛津暂避。他在《牛津画记》（*The Silent Traveller in Oxford*, London: Methuen, 1944）题为"五味杂陈"的第四章中，记他的牛津书店"巡礼"，第一个提到的即牛津大学出版社和它的书店。

敞亮的店内，牛津大学出版社新出的各门类学术著述与文学经典作品系列琳琅满目。蒋彝当年所仰慕的出版物的高学术标准依旧，他在店内店外见到并心存好奇的英国人"不苟言笑、表情全无的面孔"也依旧，只是难以像他当年那样，领略到饱学之士身披庄严校袍在店外店内随意攀谈了。选了几册乔叟、简·奥斯汀研究专著；选了十六卷精装新排学术版《牛津版约翰·多恩布道文全编》（*The Oxford Edition of the Sermons of John Donne*）已出的第一卷、第三卷；选了精装新排小开本学术版各一册，玛乔丽·斯旺（Marjorie Swann）编辑并撰写十九页新序的沃尔顿《钓客清话》（二〇一四年初版一刷）和安妮·西科德（Anne Secord）编辑并撰写二十页新序的怀特《色耳彭自然史》（二〇一三年初版一刷）。店内逗留数小时，携英国文艺复兴著名玄学派诗人、文采斐然的布道家多恩一众欣然而归。

午后，独自参观学院正门传达室对面的本院附属教堂（the Chapel of Harris Manchester College）。毫无准备走进阴凉的堂内，惊讶地发现不大的空间竟保存着意义非凡的宝藏。

进入宝藏前，先说点有意思的。

这座高尖顶、顶上木梁布满雕刻的东西向教堂是一八九三年十月交付给学院使用的。若仔细观察，会发现此教堂内东西向的设计一反常规：教堂通常设置于东边的圣坛、圣餐台（altar），在这里却变成入门处雕花精致的橡木屏风玄关，而堂内橡木制的长条座椅则向西排列直到神职人员和唱诗班人员座席所在处的圣所、高坛（chancel）与圣坛、圣餐台。

那么，我指的意义非凡的宝藏是什么呢？

原来，本院不大的附属教堂，堂内四周的彩绘玻璃窗（the stained glass windows）上圣经人物与其他彩绘图案和设计均出自拉斐尔前派代表人物威廉·莫里斯和其挚友与搭档爱德华·伯恩-琼斯（Edward Burne-Jones）之手，且绝大部分是在两位大艺术家于一八九六年与一八九八年相继辞世前夕安装上去的。当然，彩绘玻璃窗的一部分图画是他们对自己旧作的复制，在别处大小教堂亦有所见。但即使如此，装在本院附属教堂的相同或相近的彩绘图案，其尺寸均较他处大许多，色彩也更为绚丽。意义非凡者，乃是入门处东窗上伯恩-琼斯专为本院附属教堂此窗设计和绘制的三幅"泄光条窗"（lights）：观者视线中，左右各一幅手执鲁特琴的白衣蓝翼天使"泄光条窗"夹护着中央三幅三位女神的"泄光条窗"，三女神依次传达着本院校训的三个寓意。中央的左幅，红色背景衬托的是，赤足、穿蓝色长袍、面向左侧、手持长烛的女神"真理"；中央的中幅，深蓝色背景衬托的是，赤足、双手各捧一羽红色翅膀、身穿绿面浅蓝底长袍、面向正面的女神"自由"；

中央的右幅，红色背景衬托的是，赤足、身穿白底绿袍、面向右侧、双手合十、向上方云朵祈祷的女神"宗教"（设计时，经院委会研究同意，以现在的云朵代替相对复杂的白鸽）。

堂内，光影在默默游移。置身于十九世纪末两位大艺术家营造的如此神圣美丽的精神磁场，我的心绪无法平复。想想看，两位志同道合，彼此把人生与艺术信念紧紧绞合在一起，亲密合作直到生命停止的那一刻。这样真挚罕见的情谊本身不就是温馨动人的一部人性传奇的珍版书？

当然，任何一个书蠹都会惦记另一部珍版书，那部凝聚了两人近四十年友情的巅峰之作。

深受纽曼主教宗教思想的启迪和拉斯金艺术观念的洗礼，威廉·莫里斯的艺术实践借助牛津郡以西泰晤士河旁宁静美丽的乡村凯尔姆斯科特（Kelmscott）散发出持续深远的影响。他的凯尔姆斯科特书坊一八九六年五月八日印制完成的《乔叟作品集》（*The Works of Geoffrey Chaucer*）成为人类印刷典籍的瑰宝。这部象牙色猪皮装帧，朱墨套印，仅印四百二十五册的一卷对开本，莫里斯构思设计花了六年。他和伯恩-琼斯以及为后者用于书中插画的八十七帧原画制作木刻雕版的威廉·库伯（William Cooper）精心协作了四年。这部被誉为十九世纪书籍装帧印刷及版式设计插画之美无与伦比的"凯尔姆斯科特版乔叟"，是莫里斯为他的"诗思大师"乔叟奉上的最高敬意。书出版五个月后，一八九六年十月三日，莫里斯辞世并被安葬在养育了他艺术灵感的凯尔姆斯科特。凯尔姆斯科特未被俗世侵蚀的古老的美和宁谧收留了他。

也许，莫里斯未曾想到过，他孜孜不倦在设计的工艺品或出版的文字作品中展示出的中世纪的神秘和美极大影响了托尔金和刘易斯。从某种意义上说，没有凯尔姆斯科特书坊的莫里斯，很可能也就没有后来的《指环王》(*The Lord of the Rings*)和《纳尼亚传奇》(*The Chronicles of Narnia*)。

对我而言，猎书三十余载，入藏一册"凯尔姆斯科特版乔叟"初版是连想都不敢去想的奢望。好在天无绝人之路。美国康涅狄格州诺沃克(Norwalk)专出皮装经典的书坊伊斯顿书坊(Easton Press)，多年前斥重金推出了真皮、书页三边烫金、限数编号的"凯尔姆斯科特版乔叟"豪华精装仿真版，此版亦仿原版仅印四百二十五册。书房里添了此版编号一六八的一册却也能时时抚慰我无法实现的遗憾。况且，机缘巧合，这些年能猎得乔叟著作另一种著名版本已应知足：《乔叟作品集》(*The Works of Geoffrey Chaucer*)，莎士比亚头像书坊一九二八年至一九二九年初版。对开本。八卷。版式古香古色，字体疏朗大气。手工纸。毛边。此版仅印三百七十五套。书中印制的手绘彩色插画色泽鲜丽，系诗人、画家切斯特曼(Hugh Chesterman)参照十五世纪《坎特伯雷故事》著名抄本——埃尔斯米尔抄本(Ellesmere Manuscript)——徒手临摹的。学者布伦(A. H. Bullen)一九〇四年在莎士比亚故乡埃文河畔斯特拉特福(Stratford-on-Avon)创立的莎士比亚头像书坊，成立之初，步的即莫里斯艺术追求的足迹。入藏这部亦属难得的乔叟，算是一个书蠹从异国他乡向凯尔姆斯科特的莫里斯默默地致敬吧。

过一百五十岁生日的《爱丽丝》[1]

——书蠹牛津消夏记之四

七月三日　星期五　牛津

上午凉爽。在宽街散步。西行，见一段路的中央路面不少年轻人身背双肩包，蹲着用街画粉笔（pavement chalk / sidewalk chalk）聚精会神一行行写字：I must not chalk the pavement。

一名穿交通安全服的男子，边说边向路人分发粗大的彩色粉笔。一台新闻摄像机架在附近像是等待采访他。颇好奇眼前的情景，走上前同该男子攀谈，得知近几天牛津法院正讨论裁决取缔街头乞讨卖艺的议案。议案一旦通过，街头艺人、画家将无法自由沿街卖艺作画，当然也包括沿街乞讨。如有触犯，要么受罚一百英镑，要么银铛入狱。人的监管与人的自由，无论在哪儿，终有不可调和的时候。Chalk a Sidewalk, Go to Jail！这样的标题会

1　除此文题目和此文个别地方《爱丽丝》指《爱丽丝漫游奇境记》外，文中其他处出现时一般包括《爱丽丝漫游奇境记》和《镜中世界》两部作品。

很快成为现实。

街头绘画（pavement art / pavement drawing / pavement painting / sidewalk chalk art / street painting）诞生于十六世纪的意大利。当时的街头艺术，是宗教艺术的一种形式。画家们利用节日或宗教仪式创作并呈现充满奇思妙想的粉笔画。十九世纪末，街头绘画开始在英国流行。二十世纪以降，世界范围内，街头绘画已形成巨大的"产业"，甚至出现了商业性质的职业街画画家。意大利库尔塔托内的格拉齐耶（Grazie di Curtatone）每年举办一次世界最大的街头绘画艺术节（street painting competition）。来自世界各个角落的参赛街头艺术大家（master pavement artists）经过层层惨烈竞争，极少数幸运的优胜者才能擒获至高无上的"街头艺术大师"（Master Madonnaro）称号。

一眼望去，地上几种语言独独不见汉语。平日不爱凑热闹的我，要了一支白色粉笔，蹲下，在路面重复写下四行大大的中文直译：我不能在人行道上画。为的不是法案的结果，我在意的是将遭人之惩罚的人的想象和创造。

郁闷中经过一家家商铺酒馆的橱窗，橱窗里喜庆别致的布置把我迅速有力地带离现实：《爱丽丝》要过一百五十岁生日了！明天，七月四日，牛津将是"爱丽丝"的天下。无论长幼，无论肤色，无论男女，牛津人年复一年的"爱丽丝日"（Alice's Day）又会陶醉多少为文学的不朽而来的心灵朝圣者。

一八六二年七月四日，星期五。基督教会学院（Christ Church College）数学讲师查尔斯·勒特威奇·道奇森（Charles Lutwidge Dodgson）与友人罗宾逊·达克沃斯（Robinson Duckworth）带刚过完十周岁生日的小爱丽丝·利戴尔（Alice Liddel）姐妹仨，从牛津旧城城南佛利桥旁的泊船处出发，沿泰晤士河，划向高兹头（Godstow），一座位于牛津城西北约二点五英里，十二世纪起即已存在的小村落。这趟两个半小时划程，"重要性攸关"的水上荡桨，催生出《爱丽丝漫游奇境记》这部既属于牛津也属于世界，既属于英国维多利亚时代也属于世世代代，既属于孩子也属于大人的不朽之作。幸运的是，那天的三位当事人，对这次载入史册的"水上远足"，均留下了难以忘怀的回忆。重温这些回忆，《爱丽丝漫游奇境记》的降生，栩栩如生浮现在眼前。

"无数个日子里，我和三位小仙女在那条静静河流里一齐泛舟。我随兴编了许多童话故事逗她们乐……不过，没有一个故事用笔记录下来：它们出生，然后死去，就像夏天叮人的小黑蝇，每次都发生在一个不同的金色的午后。碰巧，有一天，我的一位小听众央求说，这个故事该为她写下来。""'给我们讲个故事吧。'道奇森先生就开始讲了。有时为了逗我们玩儿，道奇森先生会突然停下来说：'今天就讲到这儿。''别呀，'我们大喊大叫，'睡觉时间还没到呢！'他就接着讲。有一次，在船上，他开始讲故事，讲着讲着，他假装睡着了，我们别提有多扫兴。""我划尾桨，他划前桨（三个女孩儿坐在船尾）……这个故事真就是从我划桨的肩后讲出来给爱丽丝·利戴尔听的……我记得我还转过身问他，'道奇森，这是你为自己现编的浪漫故事吧？'他应道，'没错，咱们一边划，我一边在编呢'。"

三年后的一八六五年，署名刘易斯·卡罗尔（Lewis Carroll）的《爱丽丝漫游奇境记》出版。作者何曾会想到，印成铅字的一刻，那个金色的午后（这是小爱丽丝的记忆，当地气象档案显示的却是那天预报阴雨），他即兴编来不过是为哄小女孩儿开心的故事，一百五十年来，诞生，再诞生，然后再诞生。

它不仅深深扎根在孩子的世界，成年人成熟的思考与无穷的想象也不得不向它张开惊喜感激的双臂。后来的维特根斯坦不仅读过它，还从中为自己哲学的"意义"与"无意义"的探索汲取到灵感。尖刻挑剔的弗吉尼亚·伍尔夫评价刘易斯·卡罗尔时如此不含糊："如果十九世纪牛津教员中还有所谓精华的话，他就是那精华。"（If Oxford dons in the nineteenth century had an essence, he was that essence.）

闭馆的铜摇铃又响了。起身，将馆内读了几天的十册书籍放回入门处管理员工作台对面贴着我姓氏首字母 W 的一格书架上。依"饱蠹楼"馆规，读者一次可从牛津大学联网的各个图书馆，预留馆藏书籍或未出版论文共十册。在图书馆网络上检索预留后，第二天，会有电子邮件通知，各馆哪些书籍已送达读者指定的馆及阅览室。有些典籍，规定了某馆某阅览室阅读。所有论文则只能在新馆"威斯顿图书馆"阅读。书籍和论文在阅览室可预留一周，若仍需要，尚须重新预留。

此时，太阳依旧灿烂映照着"饱蠹楼"一层阅览室（the Lower Reading Room）窗外对面古老的土黄色建筑。凉风微微，敞开的窗外，传来附近不知哪个教堂的圣咏声。

七月四日　星期六　牛津

上午九时三十分，宽街上早已人头攒动。围绕《爱丽丝》主题的歌舞、故事、茶点将为今天的牛津涂上神奇浪漫的色彩。牛津"故事博物馆"（The Story Museum）主办的本地年度盛事"爱丽丝日"揭开了序幕。今年"爱丽丝日"恰逢《爱丽丝漫游奇境记》出版一百五十周年。双重的喜庆奇妙地厚厚叠加到今天。虽说多年来四处饥渴寻猎《爱丽丝》的种种版本，围绕《爱丽丝》的掌故不可谓不熟，然而，不经意间，一个无可救药的书蠹，心里毫无准备，忽然品尝到一百五十年方可一遇的大惊喜，还是欣喜难抑。

一百五十位志愿者不分性别、不分长幼，穿着相近的服装，扮成"爱丽丝"，带着微笑服务在庆典不同的岗位。一百五十周年的庆典还收到来自世界的祝福：巴塞罗那送来巨型玩偶爱丽丝，日本送来巨大的《爱丽丝漫游奇境记》故事卷轴。行进的队列里，书中耳熟能详的人物、动物、道具一个个活灵活现，仿佛回到了它们借铅字的肉体第一次来到世间的一百五十年前。

一八六五年六月，牛津的克拉伦登出版社（the Clarendon Press）印刷了两千册约翰·坦尼尔（John Tenniel）插画、作者署名为卡罗尔的《爱丽丝漫游奇境记》。装订发行前，道奇森请出版社先为他本人装订出五十册，他签名后分送给友人。不料，一个月后，插画者坦尼尔愤怒抱怨说此印的质量简直令他的插画"羞于见人"（disgraceful）。道奇森连忙阻止住发行。他答应坦尼尔会到伦敦另找书商重印，把已送给友人的成书一一要回，转送给儿童福利院。据称，此"克拉伦登六五年版"（Sixty-five Alice）存世仅二十三册。一八六五年十一月二十六日，圣诞节来临之前，麦克米伦推出作者授权的英国"初版"（此版由伦敦印刷商理查德·克莱［Richard Clay］重排，虽于一八六五年十一月推出，成书书页上出版日期印的却是"1866"。我幸运入藏的此一八六六年英国"初版"，系此版发行前卡罗尔题赠的七十六册中的第十册。赠予作者关系密切的堂妹的此册，卡罗尔用黑色水笔在扉页右上角的题签是："Laura Dodgson with the Author's love"）。征得作者同意，原出版社将未装订的全部成页（一说是将制好的纸型）出售给美国出版商 D. 阿普尔顿公司（D. Appleton and Company）。一八六六年，D. 阿普尔顿公司推出美国初版。除书脊下方出版商名及书名页出版商名不同外，英美这两部"初版"采用了相同的紫红色烫金布面包纸板精装。

回味这多少令人困惑的《爱丽丝漫游奇境记》出版"前传"，想去附近圣奥尔戴兹街（St Aldates）八十三号的"爱丽丝店"（Alice's Shop）散散心。涌动的人群忽然改变了我的主意。怎么会险些忘掉另一个重要的去处？

掉转身，快步走进"威斯顿图书馆"。七月一日以来，一层大厅的玻璃橱窗正展出"馆藏'爱丽丝'印本选珍"（Printing Alice）。展出的"饱蠹楼"三册珍本分别是：存世仅二十三册的"克拉伦登六五年版"坦尼尔插画版、伦敦麦克米伦一八六六年坦尼尔插画初版、达利插画并签名的一九六九年纽约兰登书屋限印版。仔细比较著名的两个"初版"本，的确，第二个"初版"本印出的插画质量确是大大提高了。

在展览橱窗前流连，想起我自己的《爱丽丝》珍藏：

一、*Alice's Adventures in Wonderland*. 纽约：兰登书屋梅塞纳斯书坊（Maecenas Press）一九六九年限数发行，法国印制，达利插画签名版。此版编号限印两千七百套，其中编号 I—CC 的两百套为"豪华本"，达利本人留藏的几册即此本。编号一至二五〇〇为"流通本"。我入藏的"流通本"编号为一三四六。难得的此册是美国书商朋友拉里（Larry）费力费时为我觅得的。品相好得难以置信。图文用法国顶级的厚芒德尔纸（Mandeure paper）印刷。尺寸为对开本。全书十二章分十二册未装订散页，毛边，册页相叠收于一深棕色、下方烫金印达利签名的布质活页夹。卷首插画为嵌在纸板框中达利右下角姓名首字母签字的彩色蚀刻。书名页下方，在印刷的自己姓名与出版社名之间的宽宽空白处，达利留下亲笔签名。正文部分以棕、黑套色印刷。二分之一棕色皮包浅奶油色蚌壳式布面硬书匣，象牙色骨签插扣。书匣固定的盒脊面，烫金横向顶印卡罗尔名，底印达利名，两人名字间纵向自上而下烫金印书名。与十二章内容相匹配，此版十二帧整页版面的插画，保留了原画作版边标记（original remarque），以凹版照相技术制作，鲜活地展现了达利超现实主义的想象、无与伦比的细节和妖艳的色彩，与卡罗尔嘲弄颠覆思维逻辑和表达意义的机趣相得益彰。藏家争相搜求的这一版《爱丽丝漫游奇境记》，不单单是一位画家努力阐释一位作家意图的尝试，也是两位洞悉人类思维深邃本质的思想家、想象力的大建筑师势均力敌却又亲密无间的对话。大概，不会有比"摄人心魄"（breathtaking）一词更能精准地描摹达利插画带给读者视觉和心理的冲击力的了。

二、*Alice's Adventures in Wonderland*. 伦敦：企鹅出版社二〇一二年二月由日本国宝级现代艺术大师、"圆点女王"草间弥生（Yayoi Kusama）设计并插画的初版。布面包纸板精装。封面和封底醒目呈现的是：竖条块儿状红蓝相间底色上，围绕黑白相间的著者名、书名、插画者名，饰以密密麻麻大小不等的黑色白色圆点。此版汇聚了草间弥生一生绘画艺术探索的重要表达元素：承载无穷想象力的圆点、无所不在的宿命的网与充满超自然灵性的南瓜。正如插画者本人一样，此版的设计和插画争议性颇大。有人不屑，有人痴迷。草间的插画是否真创造出一种通向未来的新的视觉哲学，从而有力地补充了卡罗尔那凌越时代界限的奇妙幻境，大概只有遥远的未来才有资格去评说。

匪夷所思的是，从《无限的网：草间弥生自传》里，我竟猎得这样一则逸事。受超现实主义影响，自学成才的美国装置艺术家、实验性先锋艺术大师约瑟夫·康奈尔（Joseph Cornell），爱草间弥生爱得一时难以自拔。但常年畸形的母子关系令他情感脆弱、控制欲强、生性吝啬，生活中十足一个流浪汉。时而受其才华吸引，时而对其脾性生厌，两种情感长时间左右撕扯着草间。她忙碌，心烦，发誓不再见他。隔着电话，她说："我已经对你感到厌倦了……没事情不要随便找我。"电话那端的他却是不依不饶的醋意："是谁常常找你出去？"那时的草间和达利感情暧昧。达利常在纽约豪华饭店请她喝酒。"达利想要见我的时候，都会叫劳斯莱斯来接我。你也应该要对你最心爱的情人表现一下啊。"没过多久，一辆豪华奔驰真的来到她和达利的约会处，不容商量，非接她回他长岛窘迫的蜗居。

集藏的旅程奇妙诡异。因偶然入藏企鹅版《爱丽丝漫游奇境记》，我走近草间弥生；因偶然发现草间弥生，我又返回达利。漫漫途程中究竟谁是起点？谁是终点？一个命运般不可抗拒的圆。一个黑洞般令人遐想无限的圆点。

夜深人静。月色大好。想起蒋彝《牛津画记》里那首"牛津月夜"：

> 寂寞深街数足音，
> 清光入骨夜沉沉；
> 多情应是牛津月，
> 闲照双双古复今。

盛夏夜的窗外，牛津树影婆娑的沁凉里竟漾起一波浅浅的蟋蟀的轻吟。

依然《爱丽丝》

——书蠹牛津消夏记之五

七月五日　星期日　牛津

除之前提到的《爱丽丝》，我还有如下珍藏：

一、*Alice's Adventures in Wonderland*. 纽约：D. 阿普尔顿公司，坦尼尔插画四十二帧，一八六六年美国初版一刷。伦敦书商彼得·哈灵顿（Peter Harrington）拥有的切尔西装帧坊（The Chelsea Bindery）装帧。枣红色全摩洛哥皮。六格竹节书脊。第一、四、五、六格，单线金丝框内烫金印（疯狂茶会中的）制帽匠，三张扑克牌，（给爱丽丝吓跑的）大白兔背影，（给爱丽丝、渡渡鸟、猫头鹰等讲故事的）老鼠；第二格烫金印书名；第三格烫金印作者名；第六格底端烫金印出版年代"1866"。封面单线金丝边框：中心三圈金线圈出的同心圆中烫金印爱丽丝怀抱猪娃图案。封底单线金丝边框：中心三圈金线圈出的同心圆中烫金印空中现形的柴郡猫龇牙咧嘴的正面头像。鹅黄色配红色主调大理石纹蝴蝶页。

书页顶口底三边烫金。

二、*Through the Looking-Glass.* 伦敦：麦克米伦，坦尼尔插画五十帧，一八七二年英国初版一刷。此册与前册同为切尔西装帧坊装帧，装帧相配，合装一红色布包纸板硬书匣。第二格烫金印书名；第六格底端烫金印出版年代"1872"，余格同前。封面单线金丝边框：中心三圈金线圈出的同心圆中烫金印红王后脸右侧（与白王后及爱丽丝聊天）头像。封底单线金丝边框：中心三圈金线圈出的同心圆中烫金印（爱丽丝给）白王后（梳理头发）头像。

三、*Through the Looking-Glass.* 伦敦：麦克米伦，坦尼尔插画五十帧，一八七二年英国初版一刷。英国索尔兹伯里的阿特金森装帧坊（Atkinson Bookbinders）装帧。二分之一抛光深绿色牛皮包草绿色纸板精装。六格竹节书脊。竹节格内烫金印书中角色：第一、六格印特维德顿；第二格印书名；第三、第五格印制帽匠；第四格印作者名；第六格底端特维德顿之下印年代"1872"。大理石纹蝴蝶页。封面封底未印图案，仅以暗线做书脊皮边及封面封底皮包角边的边饰。书页顶口底三边刷大理石纹。入藏此册的理由在于：真正的初版一刷——第二十一页"胡言乱语"诗第一节第二行最后一字"wabe"误印成"wade"，第九十八页漏印页码；至为难得的是，书封内里贴坦尼尔后来签名题赠的卡片一帧，以其喜爱的紫色墨水书写："With J. Tenniel's compliments. / Dec. 1. 1891."（坦尼尔题赠，一八九一年十二月一日。）此外，书中尚夹有依此书改编，伦敦一九三四年至一九三八年演出的舞台剧"贵宾席入场券"（Privilege Ticket）一张。

四、*Alice's Adventures in Wonderland.* 伦敦：威廉·海涅曼，

拉克姆画贴纸板彩画十三帧，素描十五帧，一九〇七初版。手工纸。毛边。书顶烫金。此版印一千一百三十册，其中编号一至一一〇〇用于出售；编号一一〇一至一一三〇留为赠书。我新近入藏的此册，编号三八〇，是英国书籍装帧家克里斯托弗·肖（Christopher Shaw）的重装作品。肖是大名鼎鼎的英国书籍书艺装帧家协会会员（fellow of Designer Bookbinders）。他于一九八二年成立的装帧坊 C. 肖装帧坊（C. Shaw Bookbinder）位于牛津附近。过去十几年里，他的书籍设计和装帧屡屡获奖，并为大英图书馆和德国汉诺威的威廉·布施博物馆（Wilhelm Busch Museum）所收藏。此册《爱丽丝漫游奇境记》完成于二〇一一年，之后选送参加了当年的英国书籍书艺装帧家协会作品展。肖的此册装帧，使用深红色优质山羊皮做外封，选用浅一个色调的 J. 及 J. 杰弗里（J. & J. Jeffery）的花饰贴纸做蝴蝶页。他借助半圆凿和线，用其独特的传统方式滚压烫金，在深红色的真皮上创造出画感笔触十分逼真的图案：占据几乎整个版面的拉克姆的扑克牌"小精怪"（the playing card "imp"）从书封跨过书脊活灵活现地将腿脚伸展至另一面的封底底端，自然如蔓藤缠绕，灵动得令人过目难忘。

五、*Alice's Adventures in Wonderland / Through the Looking-Glass*，"真爱丽丝"（the Original Alice）爱丽丝·哈格里夫斯（Alice Hargreaves）签名本（爱丽丝一八八〇年嫁给雷金纳德·哈格里夫斯［Reginald Hargreaves］后改为夫姓）。两册。纽约：限印版本俱乐部（Limited Editions Club）"百年纪念版"（the Centennial Edition）。《爱丽丝漫游奇境记》，一九三二年初版。这一年，爱丽丝年届八旬。她罕见地打破禁忌，答应哥伦比亚大学的盛邀，在卡罗尔百年诞辰庆典上，接受授予她荣誉博士学位。《镜中世界》，一九三五年初版。此册的签名，应是爱丽丝一九三四年辞世前为出版商事先完成的。两册分别为出版商原红色和蓝色全摩洛哥皮装。书脊、书封、书底花饰烫金，分装于蓝色和红色硬纸版书匣。弗里德里克·沃德（Frederick Warde）装帧设计。此套两册均限印一千五百册。入藏的此套两册，编号均为五七五。这几乎是不可思议的巧合。两册又均有"真爱丽丝"笔迹色泽不同的签名更为难得。因为，两册书的初版年代不在同一年，加之爱丽丝·哈格里夫斯签了一千二百册《爱丽丝漫游奇境记》，却只签了五百册《镜中世界》。

六、*Alice's Adventures in Wonderland*，伯克利：加州大学出版社一九八二年初版；*Through the Looking-Glass*，伯克利：加州大学出版社一九八三年初版。两册尺寸近对开本。詹姆斯·R. 凯金德（James R. Kincaid）作序及注释。巴里·莫泽（Barry Moser）设计并插画。两册的书名页文字以蓝色、黑色和红色套色印出。正文黑墨，边注朱墨。插画、文字、边注的整体版式设计完美。此两册加州大学出版社版系"流通本"。之前，莫泽在马萨诸塞州西哈特菲尔德（West Hatfield）他自营的普列薄荷书坊（Pennyroyal Press）分别推出了签名限印本。年近八旬的莫泽，蛋壳头、秃顶、花白胡子，是美国当代最受欢迎的插画家。他的版画木刻，线条细腻、想象大胆、气势磅礴里透着一种神秘的深邃。他设计并插画的《爱丽丝漫游奇境记》一九八三年获美国国家图书设计与插画奖（National Book Award for Design and Illustration）。他设计并插画二百二十九帧木刻的"普列薄荷书坊版《圣经》"（The

Pennyroyal Caxton Bible）气质华贵，是藏家竞相追逐的精品。这是继画家杜雷之后，唯一一部全部插画均由一位艺术家独立完成的《圣经》。此版《圣经》，加州大学出版社也出了合订为一册的"流通本"。可惜我尚无缘入藏他经典的那套两卷本。但稍觉宽慰的是，除入藏他这两册《爱丽丝》，我还入藏了一册他设计并插画的加州大学出版社"流通本"《白鲸》，是洛克维尔·肯特版之后的又一插画力作。

我尤为珍视这两册"流通本"《爱丽丝》，因为它们是经美国"后极简主义"代表人物、画家、雕塑家、书籍装帧家塔特尔（Richard Tuttle）设计并皮装的。皮装的雕塑感似乎暗示着此著的不朽性。棕色皮装封面封底的内外面，镶嵌了大量小爱丽丝的珍贵照片。此装帧本身即过目难忘的艺术珍品。

三十年来，我集藏作品的准绳，依考量的顺序排列：一、品相；二、英文；三、经典；四、装帧。前面谈及的是收藏《爱丽丝》之"一""二"与"四"。现在不妨谈谈收藏《爱丽丝》之"三"。

钱锺书曾提到"经典"的两个内在特质："可读性"（readability）与"可再读性"（re-readability）。前者指的是文本叙述"雅俗共赏，长幼皆宜"；后者指的是文本意义"读之不尽，思之不竭"。

英国人前赴后继热爱集藏作为"经典"的《爱丽丝》，自有不同于外人的根由。贝克尔夫人（May Lamberton Becker）在她一九三六年出版的文集《阅读的首次历险》（*First Adventures in Reading: Introducing Children to Books*, New York: Frederick A. Stokes Company）中，评说的角度甚为独特。她说："（《爱丽丝漫游奇境记》）这类经典长销不衰，那是因为它们严格讲属于'阶层文学'（class literature）。它们不是为一般意义的儿童写的，而是为那些衣食无忧，在优渥家境里精心养育的儿童写的。这一阶层的儿童，在他们的环境里，永远不需要长大成人。无论时代如何巨变，这一阶层的一代又一代很少受到变迁的冲击。"此说也许有道理。但她下面的分析，才算是点到了我所期待的问题的症结："英格兰的空气中存在着某种东西——或许是北部湾流气候令一年中大部分时间都雾气蒙蒙，晦暝晦暗——这使得英国人在形成结论或诉诸行动时，更多靠的是触觉而不是视觉，着意避开拉丁逻辑所固有的尖锐清晰的轮廓。英国人抵达真理的方法是'实用主义的'（pragmatic）。他自然而然，通过尝试和错误不断前行，极为耐心地将他所获得的经验整合在一起，而这些经验是他从真真实实直面他所置身的事物总体的生命与灵魂那儿获得的。当他说自己'在笨手笨脚地摸索'（muddles through），他指的不是他所遭遇到的困惑；而是这种'凭感觉'而非'凭精细策划'一步步推进的行动……从事物的本质方面说，这恰恰是儿童与他们生活的世界互动的方式，只要大人们允许他们不必长大。"

然而，时间的长轴上，令《爱丽丝》跨越年龄、跨越阶层乃至跨越国界，吸引更大范围的世界读者的"文学不朽性"却极大仰仗了它那通篇文字传达出的"没有意思的意味"。

二十世纪初，两位中国文人敏锐注意到了《爱丽丝》中"没有意思的意味"对人的精神成长的必要性和重大价值。

一九二二年，赵元任翻译的《阿丽思漫游奇境记》由商务印书馆出版。他在译序里谈及所谓"没有意思的意味"时提到两层意思：其一，创作不涉及任何"主义"而是纯当"美术品来做的"；其二，"没有意思"即"不通"（Nonsense），而"不通"的妙处正在于"听听好像成一句话，其实不成话说，看看好像成一件事，其实不成事体……要看不通派的笑话也是要先自己有了不通的态度，才能尝到那不通的笑味儿"。周作人的儿童文学观建立在两块基石上：一块是"儿童本位的"，另一块是"文学本位的"。基于这样的文学观，他引德·昆西的话评商务版赵译《阿丽思漫游奇境记》："只是有异常的才能的人，才能写没有意思的作品。儿童大抵是天才的诗人，所以他们独能赏鉴这些东西。……但就儿童本身上说，在他想象力发展的时代确有这种空想作品的需要……人间所同具的智与情应该平匀发达才是，否则便是精神的畸形……对于精神的中毒〔按：即此文前面所谓学者毫无人性人情的'化学化'〕，空想——体会与同情之母——的文学正是一服对症的解药。"（《自己的园地·〈阿丽思漫游奇境记〉》）

越来越多的现当代西方研究者从不朽的《爱丽丝》和它"无意义的意味"中不断汲取着思考的广度和深度。

乔治·皮彻（George Pitcher）在《维特根斯坦、无意义及刘易斯·卡罗尔》（"Wittgenstein, Nonsense, and Lewis Carroll"）一文中借力"无意义"打通了哲学与文学间的壁垒："哲学家路德维希·维特根斯坦过去总是以这种或那种方式关注着无意义。与他早期著作相比，他后期的著作更多体现出了这点。在《逻辑哲学论》中，无意义是按照狭义的技术层面理解的：词语的某种组合若不可能被理解，它就是无意义的。因为没有意义被或者能够被（除了微不足道者）附着于它……他的一个主要目标是找到并且确立一种方法，能够把意义同无意义区分开来。这样，后者才会被，也应该被，丢弃给沉默。无意义因而被视为哲学家手中杀伤性武器瞄准的主要目标。……维特根斯坦一如既往，试图驱魔般将无意义逐出哲学；他想把我们从产生于我们灵魂深处的那种大困惑，那种深深的不安中拯救回来。当然他现在也用无意义来充当疗治我们摆脱无意义的疫苗。"（S. P. Rosenbaum, ed., *English Literature and British Philosophy*, University of Chicago Press, 1971）

艾莉森·里克（Alison Rieke）深受《爱丽丝》的启迪。她研究乔伊斯、格特鲁德·斯坦、华莱士·史蒂文斯（Wallace Stevens）和路易斯·祖科夫斯基（Louis Zukofsky）四位现代派作家的专著《无意义的诸意义》得出这样的结论：他们的"实验性"写作，蔑视语言的意义制造功能。他们是在人们通常理解的意义边缘甚至之外写作的。他们各自以自己独立的方式，公然挑战语言的边界，挑战这样一种观念，即探究的目的一定是条理分明的有逻辑的意义，并且意义一定是语言的目标与结果。（*The Senses of Nonsense*, University of Iowa Press, 1992）

牛津消夏，享受的是书，忧郁的亦是书。这不难理解。吾生也有涯，而书也无涯。往昔的典籍尚无法征服，未来滔滔的文字又汹涌澎湃而至。抵挡文字泥沙俱下的洪流带来的无奈，我力所能及的唯一办法就是，越来越挑剔地选择与越来越果断地扬弃。因为，只有真真正正的文字才配短暂的人生消受。

明天就要离开"学问之都"牛津了。恋恋不舍中心有不甘。台灯的柔光下，从打好的行装里又抽出一册平装书《牛津析地志》（*Isolarion*）。书是几天前逛牛津大学出版社书店偶然购得的。

二〇〇七年，伦敦从事艺术出版的詹姆斯·阿特利（James Attlee）写了这部近四百页的"另类牛津游记"。一查手上新印的此册，已是第五刷了，可见此著生命力之顽强。一页页翻读，见作者紧紧聚焦于牛津的一条主干道（Cowley Road），所记所思所忆，今古交错，视角独到。有点儿黄仁宇，有点儿布罗代尔。颇值得一读。书中有篇不长的文字，题为《谈书与沥青》。表面看，虽与学问渊薮的牛津毫无瓜葛，说它是由饱藏真正人类典籍的牛津刺激出来，对时下鱼龙混杂的出版现状发出的辛辣妙评，大致不太离谱。

　　身在静静的牛津宿舍，随手译两段出来，权做一个书蠹告别牛津消夏时的一次另类回馈。毕竟，对人类生产的文字哪些值得读，哪些值得藏，我的感受分明正是作者的感受，只是他表达得更犀利，也更趣味盎然：

　　　　事实上，想象着用文字来建筑一条高速公路并不完全愚蠢。英国每年出版的新书达十二万种，一本书一印动辄成千上万，加上境外出版进口到英国的书，这些印刷品堆叠起的大山高过了人的想象。信息之多令读者无法消化。面对这么多新书，报纸专栏有限的版面评不胜评；书商们的书架即使长而再长，这么多新书也存不胜存。其中绝大部分根本没人要读。它们来到世间本身就大错特错。像遗弃的孤儿或者街上无家可归的野孩子，它们刚一出生，就被抛弃到阅读公众视线之外的幽冥国度，进入半衰期。它们匆匆地来，又匆匆地去，没有专注的读者会意识到它们存在，因为它们的存在本身已沦为尴尬，苟延残喘着证明赌注下错了。那么，该拿这些书怎么办？让它们待在仓库里慢慢腐烂不是个办法。它们会阻塞出版业硬化的动脉，那动脉总在渴望着新鲜血液。专卖积压书的书店没法儿甩卖它们。它们自有自己的市场，一点不假，那里的人们喜欢读的，不过是酗酒的橄榄球员或者乳房大得离谱的小角色女艺人的传记。这些传记全是他人捉刀写出的。只要名声的烛光暂时还未熄灭，这些传主总能找到读他们的人。另外那些书怎么办？希望渺茫的第一部小说，默默无闻的医学课本，没人记起的政客的回忆录，电视上捆绑销售而无人问津的课程？把它们化为纸浆太不经济。成本只能徒增它们原已沦为负数的净资产。

必须想出个解决办法。有人突发奇想，把所有没必要的多余之书同沥青搅拌在一起用来铺设公路；而且还推算出，每英里的路大致需用书籍四万五千册。这该会产生出多少开心的玩笑。受够某个作者鸟气的编辑，开着她的车，在那段用忍无可忍的怪胎的杰作铺成的路上碾来碾去，终于报仇雪恨。言情小说筑成的路段一遇炎热即会下沉，就像烂泥巴时伸时缩。情色小说会令路面凹凸不平。不一而足。尽管如此，这些精神的公路上面——那由白日梦、学识、抱负、想象力和贪婪构筑而成的公路——照样疾驶着一辆辆运货卡车，车上载满了紧赶慢赶必须按时送达的下一季将出的新书。目空一切的矜持和自我循环构成了这样一个共生系统。不过说到底，出版商们还是可以自诩，他们为英国国家的基础设施建设做出了实实在在的贡献。总是操心来操心去书出得太多，我们岂不成了杞人忧天？

译毕最后一句，文中跑在虚幻的路上或是真实的路上的车轮，倒让我想起下午出乎意料发生的一幕。同去的啸宇兴冲冲打算去还几天前租来的两辆山地自行车。来到学院大门旁，他无奈地发现，锁在停车架上的自行车只剩了一辆。另外一辆，除留下一只轮子，整个车架不翼而飞。

太阳下，见人高马大的他，有些滑稽地手提一只车轮一筹莫展，我灵机一动，随口改了句耳熟能详的英文谚语扔给他，逗得他抱紧轮子，哈哈大笑：Where there's a wheel, there's a way——留得轮子在，还怕无路行！

牛津消夏最后一天，连窃贼都以如此书卷气的励志方式来为我们饯行。

留

踪

旧金山猎书留踪

——"购书记"之一

二〇一二年九月二十五日　旧金山　晴冷

每次到旧金山，还会有莫名的新奇和兴奋。

"旧金山是（加州的）雾文化之都……栖居在此，你就会明白，这城市有它自己的心情，自己的调性，自己的做派，自己的美……我们这里的建筑鲜有超过三四层的，而那些来自摩天大厦林立之都的人，眼中所能见到的世界平展在面前，不再是上上下下着呈现，围绕它的不再是水泥的高墙而是浑圆无际的天空……"欧文·斯通半个世纪前的描述，除了楼的高度，基本上还能用于现在的旧金山。

欧文·斯通原文：

San Francisco is the capital of the fog culture ... and you knew that you lived in a city with mood, with tone, with style, with beauty ... our buildings rarely go over two to four stories and those coming from skyscraper cities can see their world horizontally instead of vertically, surrounded by a huge bowl of sky instead of cement walls ...

Irving Stone, "California",

American Panorama: Portraits of 50 States by Distinguished

Authors, New York: Doubleday, 1960

旧金山变幻迷离的"微气候"给我留下了深刻印象。夏季甚凉，有时竟寒意逼人。"阳光之州"的夏秋之交远非想象中那么温暖。旧金山人于是对归在马克·吐温名下的一句名言津津乐道："我经历过的最冷的寒冬是在旧金山度过的某个夏天。"（The coldest winter I ever spent was a summer in San Francisco.）当然，有较真儿的好事者说，翻遍马克·吐温文集，里面压根儿找不出他这句话，就像同样不靠谱归在他名下的另外那一名句："戒烟也难吗？我戒过好几回了。"

读万卷书行万里路的（a great reader as well as a great traveller）毛姆，笔耕四十年后，一九三七年为纽约花园之城出版社（Garden City）编了本厚达一千六百八十八页的文学作品选——《行旅者的书箧》（*Traveller's Library*）。兴之所至，他从一读再读不忍割舍的四十九位、时间跨度三十年的现代英国作家中，依自己文字的偏见与品味，精择长篇短篇小说、散文、诗歌，编选了此卷。一卷精粹在手，首先为的还是他自己舟车劳顿时破闷用。

我当然也有我文字的偏见与品味。行旅在外，猎书途中，书卷气醇厚的蒋彝的文字，总会率先挤进我的行囊。此次来加州硅谷一线出差，自然少不了他那本《三藩市画记》(*The Silent Traveller in San Francisco*, New York: W. W. Norton and Company, 1964)。蒋彝"哑行者画记系列"自一九三七年至一九七二年，出了十二本（一九七六年离世前写的《澳大利亚画记》[*The Silent Traveller in Australia*] 未出版）。十几年来我陆续入藏了其中书衣完好的十本。蒋彝的文字干净冲淡细腻幽默，东方情西方调水乳交融，你中有我我中有你。艺术家的空灵罩着人生观察者的单纯与好奇，英文思维的笔触配着中国书画的韵味，读其书，确有些跨越时空如梦如幻的恍惚。

一九九〇年，时任加拿大维多利亚大学地理系教授的道格拉斯·波蒂厄斯（Douglas Porteous）出版了一部名为《心灵风景种种》(*Landscapes of the Mind*) 的有趣之书。这本书探讨"视觉"所构成的"风景"(landscape) 之外，人的其他官能所构成的别样感觉世界，如"嗅觉之景"(smellscape) 和"听觉之景"(soundscape)，及其诸种比喻。作者串起主观客观，涉及时间空间记忆，大有探及佛教六根六尘六识大义的意味，力图打通"心"与"境"，虽然这在东方"大乘"思想看来仍是"俗谛"的隔靴搔痒，因为终极而言，既没有所谓"能念的心"，也没有所谓"所念的境"。回到"俗谛"，回到本书，他在"比喻的风景"题下，探讨了一系列大部分他自己新造的颇有意思的词（bodyscape, childscape, deathscape, Godscape, homescape, inscape, tastescape, touchscape）。可惜作者没读过版本书志学家、古籍收藏家 L. C. 鲍威尔（Lawrence Clark Powell）的书。鲍威尔一系列关于庋藏的书话集中，有一册书名是《我行囊中的书》(*Books in My Baggage*,

Cleveland: The World Publishing Company, 1960），集中文章题目就有 "bookscape" 一词。《加州书景》（"Bookscapes of California"）。加州，"一道道由书构成的风景"（landscapes with books）。

"书景"撩人。浮想至此，我临时决定改变主意。原本和徐小平、安娜（Anna）约好去见硅谷天使投资教父罗恩·康韦（Ron Conway）。终究抵不住书瘾诱惑，恳请小平和安娜丢下我，他俩如约赴会，我则途中下车，逛逛旧金山的书店，在"加州书景"里陶醉片刻。他俩大慈大悲，看不得一个书蠹内心的煎熬，眉头没皱便同意了。

位于吉里街（Geary Street）四十九号的砖街书店（The Brick Row Book Shop）是一九一五年开始经营的老字号珍本书店。二十世纪初，它从耶鲁大学起家，辗转纽约，继而普林斯顿，最后于一九七一年从得克萨斯的奥斯汀落户到旧金山。现任店主之一约翰·克赖顿（John Crichton）曾任美国古书商协会会长、加州书籍俱乐部主任。

店内虽不敞亮，却也书香四溢。高高十几架书排得像图书馆。滞留良久。购书数种：

一、William Hazlitt, *The Collected Works of William Hazlitt*, 12 vols. A. R. Waller and Arnold Glover, eds., W. E. Henley's Introduction, London: J. M. Dent & Co. / New York: McClure, Phillips & Co., 1920. 初版。此版在美国限数销售三百五十套，入藏此套编号八八。蓝色布面精装。书脊烫金。金顶。毛边。品相如新。

喜欢兰姆，喜欢湖畔诗人（Lake Poets），也就不可能不喜欢同时代的散文大家哈兹利特。入藏此全编之前，我手头常翻之册是杰弗里·凯恩斯（Geoffrey Keynes）编选的一卷本《哈兹利特散文选》。文章挑选得精，编排得好，印装得棒。伦敦：绝无仅有书坊，一九四八年版（此版初版于一九三〇年十二月，是为哈兹利特［一七七八年至一八三〇年］辞世一百周年出的纪念版）。版式窄长。草绿色布面精装。书脊上端烫金书题：*Hazlitt's Selected Essays*。八百零七页。选入哈氏散文佳作六十篇，编为五大主题："谈人生诸相"（On Life in General）、"谈作家与写作"（On Writers and Writing）、"谈画家与绘画"（On Painters and Painting）、"谈演员与表演"（On Actors and Acting）、"人物性格特写"（Characters）。编者凯恩斯，伦敦外科名家，虽比不上其兄布卢姆斯伯里文化圈的名流、大经济学家凯恩斯（John Maynard Keynes）光彩照人，外科专业之外的文学成就却也着实令人艳羡。走出手术刀的世界，他即刻成了编述颇丰的文人、学者，十足的爱书之人。看他的编述：关于玄学派，有《约翰·多恩作品编目》；关于诗人、画家布莱克，有《威廉·布莱克传》；关于医学家和著作家布朗，有《托马斯·布朗爵士传》；关于揭示血液循环原理的哈维，有《威廉·哈维传》；关于小说家奥斯汀，有《简·奥斯汀著作编目》；关于散文家哈兹利特，有《威廉·哈兹利特传》；关于著作家、英国皇家学会创始人之一伊夫林，有《约翰·伊夫林传》。除哈氏散文此编外，他还为绝无仅有书坊编过《布莱克作品集》。另编有《托马斯·布朗爵士集》六卷，垂钓哲人《沃尔顿集》等。

凯恩斯序中谈及哈氏文风犀利，其文字火力扫射处，即令身为友朋的湖畔诗人也个个防不胜防、频频中弹。一八一一年，哈兹利特的儿子威廉降生，好友兰姆致贺，贺信祝愿此子生如乃父，只是"脾气能好过他一些，头发能再熨帖一些"。兰姆寥寥两笔，哈氏耿直顽固的个性跃然纸上。哈兹利特为兰姆画过肖像，不过他的画名为他散文的光芒所掩盖。但和兰姆一样，哈氏首先是"人性的探究者"（a student of human nature）。集子中，"人物性格特写"一组文字，淋漓尽致体现了他身为"人物个性与类型精细剖析者"的艺术成就。生活里，他嗜茶如命，浓茶几乎不离口。虽然这为他文字构筑出的风格添加了他所独具的茶色茶香的醇厚，将茶的醒神刺激品性注入他文字的血液，却也令他天生易躁的性格永无宁静，甚至导致他长期消化不良，继而又加重他的烦躁。今日读来，哈氏独树一帜的"如面谈"的文字风格，其文字愠怒形于色却又洋溢着直率、真诚与理想主义，呈现着令人难以释卷的生命力的温馨，难得含有一种"永恒的品性"（the quality of permanence），得以助他洞悉人性的文字挣脱历史淘汰的引力。

戴维·戴希斯（David Daiches）精细比较过哈氏与其挚友兰姆的散文风格，中肯地指出：哈氏随意奔放，兰姆经营雕琢；哈氏题材宽广，兰姆涉笔专窄；哈氏虽对人物性格怪僻处深感兴趣，却不像兰姆一味仅仅耽恋怪癖；哈氏追求平白，却不为通俗而俗；哈氏文字的欢快惆怅即他现实生活欢快惆怅的直率表露。"他趣味之广泛、对条条框框之厌恶"（his catholicity of taste and his dislike of rules）鲜明地亮出了浪漫派主张的底牌。"哈兹利特对英国散文的影响超过兰姆本人"。（*A Critical History of English Literature*, 2 vols., New York: The Ronald Press Company, 1960）

二、Hugh Macdonald, ed., *Portraits in Prose: A Collection of*

Characters, New Haven: Yale University Press, 1947. 初版。灰色布面包纸板精装。原书衣。品新。

翻开此册，兴奋地发现，集中碰巧收入一篇 P. G. 帕特莫尔（P. G. Patmore）的性格特写《威廉·哈兹利特》（"William Hazlitt"）。短短十几行文字，栩栩如生勾勒出哈氏容貌及其容貌遮盖下真实的性格侧影。

　　论思想表达之深邃、力道及多彩多姿，没有一个头颅、一张面孔，其精致比得过哈兹利特的……他身体无恙，心境跟自己跟周遭过得去时，他的面孔与借助它发出声音的思想之间会相称相宜，简直浑然一体；无论生活中还是画布上，这样的面孔我还从未见到过。它向外拱起的部分，也就是眉宇额头，在我看来，其后面的容量和外在的帅气相融无碍，罕有能够与之匹敌的……我透露过，他的天庭饱满。（他既坚毅又轻盈、优雅的）鼻子，不折不扣，是面相师断为精细之极、发达之至的典范；虽说鼻孔有些特别，就像从一匹桀骜不驯的马那儿一眼就看得到的那种。他的嘴巴，形状与特征变化莫测，实在难以描摹；只有出自它的言语，无论其力量是强是弱，总是令人惊异不已，一如开口说话时的埃德蒙·基恩［Edmund Kean，著名莎剧演员］。他的双眼，恕我直言，不大理想。它们没有明澈的时候，总显得有些诡秘，甚至时不时流露出狡黠的样子；怀疑的目光从他凸出的额头下投射过来，不熟悉他的人会感到极不自在。

他的目光很少直率诚实地径直投向你，似乎他担心你会从中猜出他脑子里是怎么琢磨你的。他的头长得高贵得体，一头浓密的碳黑色头发（一直保持到他生命最后的岁月），发丝层层叠叠卷曲着。他中等个儿，身型稍显纤弱，身体各个部分却出落得协调紧凑。

帕特莫尔《威廉·哈兹利特》原文：

For depth, force, and variety of intellectual expression, a finer head and face than Hazlitt's were never seen. ... But when he was in good health, and in a tolerable humour with himself and the world, his face was more truly and entirely answerable to the intellect that spoke through it, than any other I ever saw, either in life or on canvas; and its crowning portion, the brow and forehead, was, to my thinking, quite unequalled, for mingled capacity and beauty. ... The forehead, as I have hinted, was magnificent; the nose precisely that (combining strength with lightness and elegance) which physiognomists have assigned as evidence of a fine and highly cultivated taste; though there was a peculiar character about the nostrils, like that observable in those of a fiery and unruly horse. The mouth, from its ever-changing form and character, could scarcely be described, except as to its astonishingly varied power of expression, which was equal to, and greatly resembled, that of Edmund Kean. His eyes, I should say, were not good. They were never brilliant, and there was a furtive and at times a sinister look about them, as they glanced suspiciously from under their overhanging brows, that conveyed a very unpleasant impression to those who did not know him. And they were seldom directed frankly and fairly towards you; as if he were afraid that you might read in them what was passing in his mind concerning you. His head was nobly formed and placed; with (until the last few years of his life) a profusion of coal-black hair, richly curled; and his person was of the middle height, rather slight, but well formed and put together.

P. G. Patmore, "William Hazlitt", *Portraits in Prose: A Collection of Characters*, Yale University Press, 1947

钱锺书熟读哈氏。一九三五年六月五日他在上海《人间世》第二十九期评点别发洋行（别发书庄有限公司）出版的温源宁英文新著 *Imperfect Understanding*[1]，文谓："不过，就文笔的作风而论，温先生绝不像兰姆——谁能学像兰姆呢？轻快，甘脆，尖刻，

---

1 Wen Yuan-ning, *Imperfect Understanding*, Shanghai: Kelly & Walsh, Ltd., 1935. 我手头有三个中译本。《一知半解及其他》，温源宁著，陈子善编，收入南星译文及集外文和书评，辽宁教育出版社二〇〇一年"新世纪万有文库"；《不够知己》，温源宁著，江枫译，英汉对照，岳麓书社二〇〇四年；《Imperfect Understanding／不够知己》，温源宁著，江枫译，英汉对照，外研社二〇一二年，修订增补本。

漂亮中带些顽皮，这许多都使我们想起夏士烈德（Hazlitt）的作风。真的，本书整个儿的体裁和方法是从夏士烈德《时代精神》（*The Spirit of the Age*）一书脱胎换骨的，同样地从侧面来写人物，同样地若嘲若讽，同样地在讥讽中不失公平。……当然，夏士烈德的火气比温先生来得大；但是温先生的'肌理'（这是翁覃谿论诗的名词，把它来译 Edith Sitwell，所谓 texture，没有更好的成语了）似乎也不如夏士烈德来得稠密。"

钱先生评点针针见血，功力了得。只是将温文干净利落一下子坐实在哈氏《时代精神》这一部书，似乎忽视了温源宁可能的阅读积淀。杨周翰渊博且引人入胜的《十七世纪英国文学》（北京大学出版社一九九六年）中有专文详述"性格特写"，并于第二版注脚中提及温源宁的《一知半解》，称温著写十七个人物"盖均仿 Overbury 之 *Characters*"，"应取英文原作一阅"。信然。饱学如温源宁，不可能不熟悉十七世纪英国文学史上集中出现的"性格特写"这一"消遣性散文新品种"，如欧佛伯利（Thomas Overbury）和由他陆续汇编在一起，他和诸文友所写的八十余篇《性格特写》。

吉里街四十九号楼内还有一家珍本书店约翰·温德尔古籍书店（John Windle Antiquarian Bookseller）。在此店购书如下：

一、Michel de Montaigne, *Montaigne's Essays*, London: The Nonesuch Press, 1931. 初版。约翰·福罗里奥（John Florio）英译。两卷。八开本（8vo / octavo）。正文加索引一千四百三十二

页。此绝无仅有版印一千三百七十五套：英国售九百套，美国售四百七十五套。此套编号一二三〇。全黄褐色山羊皮装。六格竹节书脊，第二格贴绿皮烫金书题：*Florio's Montaigne*。此版使用荷兰优质美术纸（Pannekoek paper）。金顶。封面正中嵌印竖椭圆形绿底烫金花边图案，绿底上金字烫印蒙田名句：Que scay-je?（我知道什么?）福罗里奥一六〇三年英译的《蒙田随笔集》乃伊丽莎白时代三大经典英文译作之一（另外两部是：诺思［North］所译普鲁塔克和厄克特［Urquhart］所译拉伯雷）。人虽诟病福氏译风随意及词句多有失当之处，但对普通读者而非学者言，开英译蒙田先河的福译，字里行间保存了浓郁的时代气息；即便在今日，面对更精准的英译不断推出，也没有完全丧失它独有的吸引力，仍能带给读者阅读的愉悦。莫里尼（Massimiliano Morini）在其《都铎朝翻译的理论与实践》（*Tudor Translation in Theory and Practice*, Farnham: Ashgate Publishing Limited, 2006）中指出："福译蒙田不仅仅对研究英国的翻译史大有裨益，它还令十七世纪早期英国的文学趣味展露无遗。通过福译，我们看到那个时代的特色是重具体而轻抽象，种族观念森严而调和中立意识薄弱，宁选戏剧性起伏跌宕不选哲学性平铺直叙。无怪乎，凡有可能，蒙田拉丁式逻辑表述总会替换为福罗里奥式独具特色的英文俗语。"早年，香港翻译大家思果，对独立译出《圣经》的英国大文人诺克斯教卿（Mgr. R. A. Knox）认为一切翻译和戏剧中的扮演无出二致时极生动地补充道："我知道伟大的伶人无不善于揣摩剧中人的感受，演来逼真，这样观众才会受到感动。演员演某一［角］色，就变成那一［角］色。普通戏子敷衍塞责，照背台词，台下人知道他在演戏，也就无动于衷了。英国十七世纪的傅劳瑞奥（弗洛里奥）（John Florio, 1553？—1625）译法国蒙丹纳（蒙田）（Michel Eyquem de Montaigne, 1533—1592）的散文，文笔古怪而放肆，但他酷爱原作者，译来传神阿堵，所以能重大影响英国的文学和哲学，译文至今为人爱读。"（《翻译新究·翻译漫谈》）

约翰·福罗里奥，或依意大利语，称乔万尼·福罗里奥。辞书编纂家。其父乃佛罗伦萨的新教徒，为避宗教迫害，在爱德华七世登基前从意大利中部逃到英国。福罗里奥早岁在欧洲接受教育，精通多种欧洲语言。他青年时代在牛津住过；一五八一年入读玛格达伦学院（Magdalen College）；其间为学院一些学者讲授法语、意大利语。十六世纪末叶，福氏居伦敦，与当时文坛才俊交游甚密。一六三〇年成为英王王后安娜（Queen Anne, Anna of Denmark）的意大利语教习。此前，他于一五九八年编出著名的《意—英大词典》（*A Worlde of Wordes*）。两部以短对话形式编写的意—英对照警句格言集，书名甚有趣：*His First Fruits*, London, 1578; *Flora's Second Frutes*, London, 1591。

福译蒙田成为本·琼森（Ben Jonson）、罗利（Sir Walter Raleigh）和莎士比亚创作的重要灵感源泉。大英图书馆藏有一册福译一六〇三年初版，书中留下的签名，专家断为莎士比亚手迹。

多年来入藏的著名英译《蒙田随笔全集》尚有值得提及的几部：

（一）查尔斯·科顿（Charles Cotton）英译。一六八五年初版。精装三卷本。十八、十九世纪此译多次再版。大散文家哈兹利特之孙 W. C. 哈兹利特、爱默生等人，均校订润饰过此译。科顿这部英译，常有莫名其妙的删节及词句费解处，总体说来虽比福译平易精准，但其文学影响力却远逊于福译。此译，我入藏的是：*The Works of Michel de Montaigne*, 10 vols., New York: Edwin C. Hill, 1910. "爱默生版"（Emerson Edition）初版。浅奶油色布包浅蓝色纸板精装。书脊上方贴白色纸质书名、卷数标签。书顶烫金，书口书底毛边。此版印一千零五十套，此套编号五五九。卷一，蒙田随笔正文之前，有爱默生《论蒙田》（"Montaigne"）长文一篇，编者哈兹利特序一篇。卷十，蒙田书信之前，有编者四十余页长文《蒙田生平述要》（"Sketch of the Life of Montaigne"）；卷尾附注释及索引。达利一九四七年选编并插画的《蒙田随笔》用的即科顿英译。

（二）乔治·B. 艾夫斯（George B. Ives）英译。哈佛大学出版社一九二五年初版。四卷本。纽约：限印版本俱乐部一九四六年依此哈佛版重排。四分之一乳白色皮包褐色花饰纸板精装。四卷本。印一千五百套。此套编号二四四。T. M. 克莱兰（T. M. Cleland）设计版面花饰。厚达两千零七十七页的四卷中，前三卷收入"蒙田随笔"，第四卷"手册"收入《蒙田研究》（*Studies in Montaigne*, 1904）一书的作者、剑桥大学蒙田研究大家格雷丝·诺顿（Grace Norton）女士的"疏"（comments）和译者的"注"（notes）。书前刊纪德记蒙田文一篇作为此版序。

（三）E. J. 特雷希曼（E. J. Trechmann）英译。《蒙田随笔集》（*The Essays of Montaigne*），牛津大学出版社一九二七年初版。两卷精装本。一千一百七十四页。《蒙田与莎士比亚》（*Montaigne and Shakespeare*）作者 J. M. 罗伯逊（J. M. Robertson）三十二页长

序。我所藏的是牛津大学出版社一九四〇年两卷合订的精装本。

（四）唐纳德·M. 弗瑞姆（Donald M. Frame）英译。《蒙田随笔全集》（*The Complete Essays of Montaigne*），斯坦福大学出版社一九五八年初版。一卷本。精装。九百零八页。弗瑞姆是二十世纪美国蒙田研究大家，译出了蒙田全部著述，著有数部颇有影响的蒙田研究专著。弗译蒙田深受好评，评家谓：忠实流畅，读此译仿佛是在聆听蒙田本人倾诉。"人人文库"（New York: Alfred A. Knopf）二〇〇三年初版的一千三百三十六页《蒙田随笔、游记、书信全集》采用的就是弗氏全译本。我所藏弗译本为：*The Complete Works of Montaigne*, Stanford University Press, 1994. 斯坦福大学出版社此全集版初版于一九五七年。正文加索引一千一百一十九页。黑色布面精装。书脊烫金。白底黑色素描蒙田头像、红色书名书衣。

（五）M. A. 斯克里奇（M. A. Screech）英译。企鹅出版社一九九一年初版。一卷本。分精装与平装两种。二〇〇三年出了修订版。我所藏之册为：*The Complete Essays*, London: Allen Lane The Penguin Press, 1991。企鹅初版。正文加索引一千二百八十三页。黑色布面精装。书脊烫银。白底书衣封面右半面，彩色印拉斐尔画亚里士多德左手执书卷右手挥动讲课时的立像；书衣底面印该画中听讲的众人。三十六页译者长序。随笔每篇正文前，有译者斯克里奇撰写的精辟提要；正文下方是繁简不一的译注。初版时，小说家戈尔·维达尔（Gore Vidal）声称："下一世纪讲英语的人将深受（斯译的）惠泽。"有评家说，这是一部"拿起来容易放下去难"，"优雅精到的译作"，"法国人也会从中以全新的视角重新发现他们的蒙田"。斯克里奇，牛津大学全灵学院荣休院士，享誉国际的文艺复兴研究及拉伯雷、伊拉斯谟和蒙田研究大家。

二、Alexander Gilchrist, *Life of William Blake*, 2 vols., London: Macmillan, 1880. 增订二版。正文八百二十四页。蓝色烫金布面精装。毛边未裁。书中翻印诗人布莱克本人所做插画多帧。此第二版优于初版之处：以摹拓纸（India paper）印三帧木版画；十七帧电铸版画翻印自《天真与经验之歌》初版中的铜板蚀刻。此店专辟一小柜摆放多种布莱克研究专著。再选购七册。难得。

三、John Galsworthy, *The Forsyte Saga*, London: William Heinemann, 1950. 八百二十二页。此版收安东尼·格罗斯（Anthony Gross）彩色卷首插画一帧及文中插画八十七帧。绿色布面烫金精装。原书衣。此版为格罗斯插画初版。一九二二年，英国的海涅曼和美国的查尔斯·斯克里布纳之子（Charles Scribner's Sons）首次以《福尔赛世家》之名分别推出三部曲一册合订本。

二十世纪七十年代，周煦良陆续译为中文的《福尔赛世家》，流畅、自如、准确，是翻译的上乘之作。在北大执教时，常拿周译一句句对照原文，课堂上与学生分析欣赏。

三部曲之一《有产业的人》，第一部第一章"老乔里恩家的茶会"，有一个片段。周译为："族长老乔里恩本人因为今天做主人，站在屋子中间的灯架下面。他年已八旬，一头漂亮的白发，丰满的额头，深灰色的小眼睛，大白上须一直拖过自己强有力的下巴；他有一种族长的派头，虽则两颊瘦削，太阳穴深陷进去，仍旧象永远保持着青春似的。他身体站得笔直，一双犀利而坚定的眼睛仍旧是目光炯炯。就因为这样，他给人家的印象是一点没有小家子气，谈不上疑心这个，讨厌那个。好多年来，他都是一帆风顺，所以人家对他天然就有这种想法。在老乔里恩的脑子里决计不会想到对人家要摆出一副疑惑或者敌对的神气。"

今日读来，除了chandelier（枝形吊烛，枝形吊灯）译为"灯架"，moustache（上唇的胡子，八字胡）译为"上须"略显别扭外，高尔斯华绥细腻淡定的描写还是穿越中文依旧透着魅力，就像二十世纪八十年代大学期间，偶然读到商务印书馆编辑黄子祥（笔名移模）所译、后人难以超越的高尔斯华绥《苹果树》（商务印书馆英汉对照本）那样难以忘怀。翻译也许和托马斯·库恩思想里的科学"范型"一样，不大遵循简单的"进化论"，虽然坚信"欲速则达""后来居上"的年轻气盛一代对此会大不以为然。

四、Thomas Frognall Dibdin, *The Library Companion,* London: Shakespeare Press, 1825. 二版一刷。八百九十九页。铁锈色斑点纹二分之一牛犊皮重装（modern half speckled calf）。十七世纪起，皮面上喷洒颜料或更常用的硫酸亚铁，使其呈现铁锈色斑纹的做法，开始流行于英国书籍装帧坊。此册《集藏伴侣》，六格竹节书脊。第二格内粘贴红色摩洛哥皮烫金印书名签。大理石纹纸板硬封。书页顶口底三边涂红。作者此书中辑存了大量有关英文古籍珍稀罕见的书目志方面的材料（bibliographical information），是十九世纪重要的书志学参考书。今天翻检，仍觉得它有重要的历史特别是书籍史和书志学的价值。

五、Thomas Frognall Dibdin, *The Bibliographical Decameron*, London: Shakespeare Press, 1817. 初版。三卷本。一千四百九十五页。印八百五十部。此三卷本《书国十日谈》，原浅褐色全抛光牛犊皮（full polished calf）封面封底；花饰繁复烫金（richly gilt）的重装书脊（rebacked）。封二粘贴一帧约翰·罗兹（John Rhodes）的纹章图案藏书票。书中辑印珍稀铜镌版画、木刻版画近千帧。第一卷中，缺第九帧图版（Plate 9），因出版时该图版尚未落实。据称，编著者迪布丁为达制版的精良，排印此书花去两千多英镑。这样的投入，放在今天，也算是不小的追求，何况那是近两百年前。作为"书目志学大经典"的这部著作和他另外一部声名赫赫的《爱书狂》，因其自身图文版式之考究、辑存的书志学材料之丰富、选入的古书印籍图版之珍稀，始终是爱书者架上必备的"标准参考书"。字形、版式狂热的爱好者向来将其奉为版式艺术品位的圭臬。

六、John Windle and Karma Pippin, *Thomas Frognall Dibdin, 1776–1847: A Bibliography*, New Castle: Oak Knoll Press, 1999. 初版。二百八十五页。蓝色布面精装。书封烫金压印迪布丁一八二九年头戴绅士帽、身穿大礼服的侧身剪影。书脊烫金印书名和出版者标识。此书著者之一约翰·温德尔竟是这家书店的经营者。不可思议的巧合。知我集藏迪布丁多年，专研迪布丁的约翰·温德尔亦如他乡遇故知般签名题赠，送给我他这部专著："For Victor Wang: John Windle with best wishes. San Francisco Sept. 25, 2012." 何曾想到，搜求迪布丁经年，在此终获可靠"地图"矣。

"书话百科全书"《爱书狂之剖析》的作者，英国文人霍尔布鲁克·杰克逊对迪布丁的概括言简意赅，不失公允："十九世纪前二三十年间［按：这二三十年里，书癖圈对书籍精良印装的热衷达到狂热的峰巅］，有那么一类显贵的学究和书癖，这类人如今几近绝迹，他们对迪布丁一册册华美书卷趋之若鹜、志在必得，虽然作者的学养和他著述的内在价值常遭同辈人质疑。亚历山大·戴斯（Alexander Dyce）就挖苦他'是个无知的花架子，不学无术，连学堂童稚的学问都强过他。他出版的书，数量可观，却充斥着各式各样错谬'……这样的成见依然为人乐道，尤其是那些从来都懒得读他的人。这些成见不是完全没有道理。他不是科学意义上的书志学家；他成书时的社会风气并不追求精准无误。但换个角度说，如果想具体了解书籍庋藏几个高贵时代其中的这一时代，了解它的特质与范围，我们必须回到迪布丁。就为了这一点，他的著述永远不会为人彻底遗忘。虽然他散文的遣词筑句华丽绮靡，然而他写出的最扎实的著作，如《爱书狂》、《书国十日谈》和《法、德珍版书画记游》（*A Bibliographical, Antiquarian and Picturesque Tour in France and Germany*）总会吸引这样的读者——他本人是收藏者或对集藏本身深感兴趣，如果碰巧又痴迷于版式排印，他会从这些书籍精美的设计与印刷中得到极大的喜悦。即令有一天迪布丁失去书志学先驱的地位，他也会牢牢守住书籍设计家与精美印刷灵感之源这把交椅。"

　　霍尔布鲁克·杰克逊原文：

During the first quarter of the nineteenth century Dibdin's sumptuous volumes were eagerly bought and treasured by a race of patrician scholars and bookmen whose kind is now almost extinct, yet his scholarship and the intrinsic value of his works were often questioned by his contemporaries. Alexander Dyce called him 'an ignorant pretender, without the learning of a schoolboy, who published a quantity of books swarming with errors of every description' ... Such opinions are still repeated, especially by those who have never taken the trouble to read him, and to some extent they are true. He was not a scientific bibliographer and the conditions under which his books were produced did not make for precision. On the other hand, we must go to Dibdin if we would form an idea of the character and extent of book-collecting at one of its noble periods, and for that reason alone his works can never be wholly ignored. Despite the flamboyancy of his prose, the best of his books, such as the *Bibliomania*, the *Bibliographical Decameron*, and the *Tour in France and Germany*, must always interest the reader who is a collector or interested in the phenomena of collecting, and, if he is a typophil as well, he will rejoice in the beauty of their design and printing. And if Dibdin loses his place as a pioneer of bibliography, he will more than hold his own as a designer of books and an inspirer of good printing.

Holbrook Jackson, *The Printing of Books*,

New York: Charles Scribner's Sons, 1939

来加州自然得带回几本关于加州的书，尤其是关于加州葡萄酒的。否则，对不住这里开心笑容般灿烂的阳光，对不住欧文·斯通笔下加利福尼亚夜空那缀满葡萄般晶莹剔透、伸手即摘得下来的星星（skies so thick with stars you can reach up and pick them like bunches of grapes）。

一、Florence Wobber, *Ballads of the Wine Mad Town*, San Francisco: Sunset Publishing House, 1916.《葡萄酒之乡的歌谣》初版。九十八页。布面包纸板烫金精装。小开本。

二、Victor H. Fourgeaud, *The First Californiac*, San Francisco: The Press of Lewis and Dorothy Allen, 1942.《加利福尼亚之源》初版。四十四页。此书是维克托·富尔若博士（Dr. Victor H. Fourgeaud）为旧金山第一份报纸《加利福尼亚星报》（*The California Star*）所写的名篇《加利福尼亚的前景》（"Prospects of California"）长文之重印。正文黑红蓝三色印。羊皮包布面精装。此版印二百二十五册。

三、Arpad Haraszthy, *Wine-Making in California*, San Francisco: The Book Club of California, 1978.《加利福尼亚的葡萄酒酿造》初版。正文六十九页。劳顿·肯尼迪（Lawton Kennedy）设计制版

印刷。枣红色布面精装，封面烫金印三小天使在葡萄园中嬉戏图案。同一图案的紫葡萄色书衣。此版印六百册。

四、Joyce Mayhew, *A Garland of Stones*, San Francisco, 1964.《石头的花冠》初版。一百零二页。劳顿·肯尼迪设计制版印刷。红色布面精装，封面烫金印树形图案。书脊烫金印书名。毛边。作者签名题赠本。

入夜，酒店房间里，一边摆弄白天斩获的书册，一边闲翻带来的《三藩市画记》。

蒋彝毕竟是蒋彝。翻到第二十八页，见蒋彝记他一九五三年二月第一次在旧金山逗留。"蒙太奇"般的句法，"飞白"般的气韵。由远及近，由大到小，由外入内，由具象而抽象。只用一个句子，文字的画布上，四通八达、街道起起伏伏的旧金山，从外表到骨髓，就这样被他点活了：

> 躺在床上，我拼接起这座城市带给我的最初印象：为群水所环抱，洁净清新，却神秘得难以接近；似条条响尾蛇匍匐前行，又似伸出比章鱼触须还多的触须；它开拓的精神令人惊诧，它传统的血脉却平易可亲；诗意丰沛而浑然不觉；表面冷漠，内心仁厚；分分明明就是美国，毫不含糊又只是它旧金山自己。

蒋彝原文：

Lying on my bed, I gathered together my first impressions of the city: surrounded by water, clean and fresh, yet mysterious and unapproachable, sprawling like numerous rattlesnakes as well as stretching out with more arms than an octopus, pioneeringly strange yet traditionally familiar, subconsciously poetic, externally indifferent yet internally human, distinctively American and unmistakably San Francisco.

Chiang Yee, *The Silent Traveller in San Francisco*,
New York: W. W. Norton and Company, 1964

香江猎书留踪

——"购书记"之二

二〇一三年十二月九日　香港　晴

作为猎书之人，文字是我眼中一座城市唯一的地标。于是，香港，也就成了萧红的香港，张爱玲的香港，叶灵凤的香港。

历史上，香港先隶属东莞县，再隶属由东莞县析出的新安县。所以，欲了解香港历史全貌，需读《新安县志》。清嘉庆版《新安县志》是文献中的珍品。叶灵凤一生钟爱的这一宝物在其身后由家人郑重捐给了内地。别说到手一册，就是饱下眼福已是不可能的奢望。

香港之行前，只好细读藏书家叶灵凤五卷本"香港史系列"（《香港的失落》《香海浮沉录》《香岛沧桑录》《香港方物志》《张保仔的传说和真相》）。《香港方物志》开篇谈《香港的香》："香港被称为香港的原因，有许多不同的解释。有人说从前有一个女海盗名叫香姑，她利用这座小岛为根据地，所以后来称为香港。又有人说在今日香港仔附近（旧时称为石排湾），从前有一道大瀑布，水质甘香，航海的船只总在这里取淡水，因为这瀑布的水质好，所以称为香港。这些都是外国人的解释，表面上看来好象各人都言之成理，事实上大家都忽略了最重要的一点：那就是，香港这个名字的存在已经很久。因为在石排湾附近有一座小村，土名为香港村（现在还称那地方为小香港或香港围）。这座香港村远在英国人不曾踏上这座小岛之前就久已存在。"香港，"香在什么地方呢？""这个'香'并非水香，也不是人名，实因为这地方从前是一个运输香料的出口小港，所以称为香港。""这种香料并非岛上自己出产的，而是从东莞各地运来……这种香料［莞香］，不是流质也不是木质，而是一种香木的液汁凝结成固体的。它们有的像松香琥珀那样一团一块的，有的又象檀香木那样一片一段的枯木根，这种'香'（从前人就简称它为'香'），是当时其他许多香料制品的原料，薰衣，习静，所烧的就是这种香。"原来，"香港"竟是"莞香的余韵"。二十世纪三十年代末，提倡抗日，流亡欧洲、刚刚抵港的文人王礼锡写了几首《香港竹枝词》，其中有一首咏当时香港旧书摊："满头珠翠晚看山，陡峭斜坡置足难。可喜留人山上路，琳琅到处有书摊。"词下作者注曰："北平厂甸，伦敦迦陵十字街，巴黎赛因河畔，旧书铺各有风味，而香港书摊则每每在斜坡上，上下歇脚浏览，两得其便。"词注中的"迦陵"即Charing Cross Road 中的"Charing"。伦敦这条著名书铺街，今人多译成"查令十字街"。音虽准，却太过直白硬冷，不如"迦陵"多了些文化的蕴藉和想象。其实，伦敦唐人街早将其译为"查宁阁路"。这一传神的翻译真是得其浓浓的书香，只是不得不遗憾放弃其"十字架"的缘起。

时至今日，香港街巷中隐藏着的各色书店，依旧散发着诱人的魅力，虽然不再是斜坡上的景致了。

此画值藏（Picture This）[1]，在中环太子大厦二层。另一家店在附近的嘉轩广场（Galleria）十三层。经营旧书、老照片、老地图及老招贴画。店主克里斯托弗·贝利（Christopher Bailey），英国人。居港二十余年，谓已不适应英伦生活。香港生活虽不易，也已视为第二故乡。常跑英美书店，谓世界各处珍本书展最值一逛。每次来香港，这家书店总是我猎书的第一站。今次难得遇见这么多海明威，且品相极佳，真像是猎书中突然撞上"流动的盛宴"：

一、Ernest Hemingway, *For Whom the Bell Tolls*, New York: Charles Scribner's Sons, 1940.《丧钟为谁而鸣》初版。版权页印有大写字母"A"。原书衣。此书衣底面海明威打字机前摊开书阅读写作的照片未署摄影者名。由于摄影者不满，此版再印时照片下方加署了他的名字。四百七十一页。红顶，前切口毛边。白色布面包纸板精装。书脊红黑两色印书名及出版商名。硬封三分之一处印黑色签名体作者名。我尚有一册自美国书商处入藏的《战地春梦》（*A Farewell to Arms*）。纽约：查尔斯·斯克里布纳之子，一九二九年海明威签名本。二分之一白色羊皮包浅绿色纸板精装，毛边未裁。书脊上端贴黑色摩洛哥皮烫金书名作者名标签。此版限印五百一十册，入藏之册编号一三七。此著乃海明威作品唯一限印初版本中唯一的签名版。极难得。《战地春梦》，评家誉为海

---

1 整理此文时得知，此店于二〇一五年岁末歇业，转至网上。

明威 "无懈可击的杰作"（consummate masterpiece），其"乐流般晶莹剔透的文风"（that musical crystal-clear style）再无继者。

二、Ernest Hemingway, *The Old Man and the Sea*, London: The Reprint Society, 1953. 插画初版（《老人与海》美国初版为一九五二年）。一百一十七页。原书衣。绿布包纸板精装。红顶。书脊银色烫印作者名；上方暗红底印银色书名。硬封面绿底上烫银印大鱼奋力跃出海面图案。收插画三十四帧。插画家为：C. F. 滕尼克利夫（C. F. Tunnicliffe），十六帧；雷蒙德·谢泼德（Raymond Sheppard），十八帧。原本两画家分别为此版提交了风格迥异的插画，出版方突发灵感，决定合二为一，将海明威作品两种不同阐释汇集于一编，给此版读者以极大的惊喜。

三、Ernest Hemingway, *The Old Man and the Sea*, New York: Charles Scribner's Sons, 1952. 初版。一百四十页。版权页印有大写字母"A"。原书衣。书衣底面为李·塞缪尔斯（Lee Samuels）所摄海明威半身像。此照呈偏蓝色调。后印版本呈偏黄色调。此版于一九五二年九月八日印出发行。浅灰色布面包纸板精装。封面下端，嵌印阴文签字体作者名。书脊烫印银色作者名、书名及出版商名。

四、Ernest Hemingway, *Islands in the Stream*, New York: Charles Scribner's Sons, 1970.《岛在湾流中》初版。四百六十六页。版权页印出版商码："A-9.70（Ⅴ）"。原书衣。绿色布面包纸板精装。

硬封右上角烫金印签字体作者名。书脊烫金印书名及黑底金字作者名。

五、T. E. Lawrence, *Seven Pillars of Wisdom*, London: Jonathan Cape, 1935. 此版为《智慧七柱》流通版初版（未公开发行版初版于一九二六年）。六百七十二页，其中正文六百六十一页，附录加索引十一页。红顶，前切口和书底毛边。褐色布包纸板精装。书脊烫金印书名、作者名及出版商名。封面烫金印底部交叉的双弯刀，交叉中心空白处自上而下印文句："the sword also means cleanness + death"（刀还意味着洁净 + 死亡）。原书衣。作者本人插图。

六、Vladimir Nabokov, *Lolita*, London: Weidenfeld and Nicolson, 1959.《洛丽塔》英国初版。原书衣。书衣底面为作者黑白半身像。黑色布面包纸板精装。书脊烫印银色书名、作者名及出版商名。正文三百页。作者一九五六年十一月十二日撰写的创作谈七页。附录收各国名家评论九页。红顶。此著一九五五年先在巴黎出版，继而于一九五八年在美国出版。

七、Graham Greene，格林小说英国初版七册。均原书衣。

二〇一四年二月十日　香港　北方寒潮至　雨初晴　阴冷

再逛此画值藏。购书十七种。

一、Truman Capote, *In Cold Blood*, New York: Random House, 1965. 此为《冷血》一九六五年《纽约客》连载后发行单行本的初版本。藤田贞光设计正面浅泛黄底上印黑色、红色美术字体书名、作者名。原装书衣。黑顶。毛边。深褐色布面精装。此著为二十世纪六十年代将文学虚构与报告文学融为一体的所谓"新真实犯罪小说"（New True Crime Novels）与"新新闻体"（New Journalism）的巅峰代表作。此书一九六七年拍成电影。作者写作过程的研究经历亦于二〇〇五年拍成获奖电影《卡波特》。

二、Truman Capote, *Breakfast at Tiffany's*, London: Hamish Hamilton, 1958. 英国初版（First UK Edition）。兰登书屋同年推出美国初版。红色布面精装。书脊烫银印书名、作者名、出版商书标。帕特里夏·戴维（Patricia Davey）设计的花饰原装书衣。书衣底面上半栏，用美国版书衣底面整栏的素描作者半身卧像。此版收一中篇，《蒂凡尼的早餐》（*Breakfast at Tiffany's*）；三短篇，《花房姑娘》（*House of Flowers*），《钻石吉他》（*A Diamond Guitar*）和《圣诞忆旧》（*A Christmas Memory*）。此著一九六一年拍成同名获奖电影，奥黛丽·赫本（Audrey Hepburn）和乔治·佩帕德（George Peppard）联袂主演。《蒂凡尼的早餐》有翻译家董乐山中译本。

三、William Faulkner, *A Fable*, New York: Random House, 1954. 《寓言》初版。原书衣正面为里基·利文斯（Riki Livens）设计的灰底黑十字架白色书名及作者名。福克纳此著一九五五年获普利策虚构奖（the Pulitzer Prize for Fiction）及美国国家图书奖。

四、Vladimir Nabokov, *Pnin*, Garden City: Doubleday and Company, 1957.《普宁》初版。米尔顿·格拉泽尔（Milton Glaser）设计的原书衣正面印：作者秃顶，戴圆片眼镜，西装领带垂在下腹前，双手持本书的画像。黑色布面精装。书脊红黄两色印书名、作者名、出版商名。红顶。毛边。

五、George Orwell, *Nineteen Eighty-Four*, New York: Harcourt, Brace and Company, 1949.《一九八四》美国初版（First US Edition）。原书衣正面蓝底黑字白衬印书名及白色作者名。书衣底面，哲学家罗素赞语右侧，为乔治·霍兰（George Holland）所绘作者黑白两色漫画头像。

六、J. D. Salinger, *The Catcher in the Rye*, Boston: Little, Brown and Company, 1951. 每月一书俱乐部（Book-of-the-Month Club）版初版。黑布包纸板精装。原迈克尔·米切尔（Michael Mitchell）设计已成经典的令人难忘的书衣。整个封底为藏家珍视的作者前倾向右平视的黑白头像照片。像左下角署名"Photo by Lotte Jacobi"摄及"J. D. SALINGER author of THE CATCHER IN THE RYE"文字。塞林格《麦田里的守望者》（一译《麦田捕手》）真正的初版亦利特尔-布朗出版社（Little, Brown and Company）一九五一年推出。此两印差别甚微，最明显者，是初版一刷书衣底面塞林格头像顶部稍稍"切掉"了一点（此书初版大获成功后，塞林格要求出版商再印时不得印其头部肖像及生平介绍）；书衣前内折页（front flap）右上角印有书价 $3.00；初版一刷印的 $3.00，"$"字符位于字母"R"（CATCHER）的肩头（the shoulder of the letter "R"）上方，而一刷之后再印的，"$"则位于"R"（CATCHER）的尾端（the tail of the letter "R"）上方；前内折页书名上端没有"BOOK-OF-THE-MONTH CLUB SELECTION"（每月一书俱乐部精选）字样；版权页印"FIRST EDITION"。但此两版原书衣后内折页（the back dust jacket flap）下端均有"BOOK-OF-THE-MONTH CLUB SELECTION"字样。真正的初版一刷现已奇货可居。即使愿出天价，坊间也已难觅品相极佳的一册。入藏一册尚待机缘。此著入"现代文库""最佳小说一百部"。

这部名著二〇〇七年十月台湾麦田和二〇一〇年二月大陆译林的中译本出自已故翻译家施咸荣先生之手。

我入藏的此册原版中，夹一份四面纸活页，重刊书评家、编辑、选书评委克利夫顿·法迪曼（Clifton Fadiman）当年为该出版商编辑室撰写的《麦田里的守望者》推介报告（report）。该报告先期发表于《每月一书俱乐部书讯》（Book-of-the-Month Club News）。法迪曼饱读诗书，此文刊布近十年后撰写的《一生阅读计划》（The Lifetime Reading Plan, 1960）影响至今。他对书的品位和对书的价值判断敏锐、独到、果断、超前；其文笔晓畅，分析精辟。八小段不足千字的推介，已令这部刚刚降生、尚待时间检验，但之后注定成为"大名著"的作品，清晰诱人地呈现在世人面前。此报告实在称得上书评写作的典范。现试译出全文，旨在存留这篇现已不大易得的历史印迹，与读者诸君分享、欣赏半个多世纪前书评大家的文字风貌。

　　贵编辑室能够接手的最令人愉悦的任务，就是力挺塞林格先生这样才华横溢、清新、年轻的美国小说家。或许，仔细想想，"才华横溢的"这个形容词并不令人满意，因为一个人可以是"才华横溢的"，却表达不出任何东西。才华横溢只不过诞生于平滑的折射表面。但塞林格先生则从两个意义上折射出来：他外表光鲜**且**不乏深度。他的作品激起我们赞赏——但说得再到位些，它让悲悯、理解、会心之笑的汩汩清泉开始在我们体内流淌。

　　《麦田里的守望者》主人公，十六岁的霍尔顿·考尔菲德，以他自己的方式讲述着他的故事。我们初次见到他时，他刚被他的学校——颇有档次的潘西私立中学——开除。他打算马上离开，趁圣诞节假期还没开始，回到他纽约的家。故事讲述的不过是接下来的四十八小时；疯狂、绝望、可怜兮兮的四十八小时；对读者而言，它们却常常滑稽得让人忍俊不禁。霍尔顿倾吐他故事的时候，我们像是偷听到了他那可怜无助的灵魂。他不知不觉中的讲述，泄露了他自己的每一次困惑，他的理想和凡庸，他对性的着迷和对性的恐惧，他的怨恨和挑衅，他的寂寞，他爱与被爱的欲望。

　　我们看着霍尔顿辞别他的学校——他与学校标准的行为守则格格不入。开往纽约的列车上，我们有一搭无一搭听到他与学校一位同学的母亲聊得不亦乐乎。人到纽约，不想就这样面对父母，他摸到一家便宜旅店。从这一刻起，他的冒险就像是青春期版的沃尔珀吉斯之夜，其中有企图不顾一切的私奔，同出租汽车司机东拉西扯的闲聊，与浪荡姑娘没有下文的邂逅，无度的狂饮，太多的精神煎熬；同时，对他自己与生活格格不入的本质又有着太过犀利、明敏的洞察。

所有这一切轻率与浮夸贯穿了他的狂野行为，他却莫名其妙，为某些象征着善的东西托举住——漫无目的溜达时遇见的两个修女；想起逝去的弟弟；最重要的是，忆起妹妹菲苾，她可是小说或现实生活里能见到的最最迷人的小女孩儿之一。霍尔顿和菲苾之间的关系是这个表面看来不动情感的故事的温柔心脏。这一关系没有一丝一毫的多愁善感；它全然不涉自我；它既令人痛苦，又风趣逗人。

在霍尔顿恐惧、负疚、狂野、谎话连篇的表面下，我们感觉得到，有种深邃的爱的天分在。他最为欣赏的（他会说这个句子"老套"）一样东西，他时尚、可怖的私立学校给不了他，他上流社会富有的年轻同辈给不了他，他不求理解的父母给不了他，这一样东西就是——灵魂纯洁的体验。霍尔顿向往善良；他鄙夷低贱、虚假、不诚实；可他的世界却几乎给不了他任何纯良的选项。他干丑恶的事，为此他瞧不起自己。他太需要某种守则，这守则要比他周围年轻的野蛮人所泥守的来得更加高贵。事实上，因无法满足对善的焦渴，他看起来备受煎熬。

只要这似乎依然是当今整个世界的麻烦所在，《麦田里的守望者》就不乏微言大义。

读这部书，我们不知道是该笑还是该哭，因为霍尔顿连自己也没意识到，他既荒唐可笑又令人生怜。他的年纪充满着不确定性：他尚不清楚自己是个男孩儿还是个男人。他满口说的，是他那代人时不时为脏话染污的愚蠢的俚语。这恰是他脑子里的"男子气"和大人应有的做派。然而，他恋物癖般对他猎人帽的痴迷却只有一个十二岁的孩子才做得出来。

他自身陷入全面内战，交战的一方是群体模仿的自然本能，另一方则是想要成为一个个体的好斗且困惑的激情。在不成熟的愤世嫉俗与极其迷人的慷慨大度之间，他摇摆不定。他恨这个世界，他怕这个世界，他适应这个世界，他想用爱改变这个世界。有时，他似乎是父母、老师、朋友眼中与社会格格不入的人。有时，他的真诚，明亮澄澈地闪耀出来，相形之下，反倒是社会成了格格不入者。他的朋友斯特拉德莱塔对他说，"要你干的事儿他妈的没一样你是照着别人说的去干的"；但我们在想，抛开霍尔顿所有的怪异之处，与他所遇到的大多数所谓明白事理的人相比，他难道真就不如他们？

在塞林格先生身上，我们听到一种清新的声音。事实上我们听它说得很清晰，它所说的真实无比、富于洞察力、充满同情心。小说《麦田里的守望者》篇幅不长；但它深深吸引读者的力量，与它篇幅的长度没有直接的关联。读上五六页，你就会进入霍尔顿的内心，几乎无法摆脱他，就像他无法摆脱他自己。作品画出的肖像完整可信。小说罕有的奇迹再一次降临：从墨水、纸张和想象力之中，一个活生生的人诞生了。

《麦田里的守望者》推介报告原文：

The pleasantest task your Editorial Board can undertake is the sponsoring of a brilliant, new, young American novelist, such as Mr. Salinger. Perhaps, come to think of it, "brilliant" is an unsatisfactory adjective, for one may be brilliant and have little to say. Brilliance is born merely of a smooth reflecting surface. Mr. Salinger, however, reflects in both senses: he has polish *and* depth. His book arouses our admiration – but, more to the point, it starts flowing in us the clear springs of pity, understanding and affectionate laughter.

The hero of *The Catcher in the Rye*, sixteen-year-old Holden Caulfield, tells his story in his own way. When we first meet him he has just been dismissed from his school, fashionable Pencey Prep. He decides to leave for his New York home at once, before the Christmas vacation starts. The story is simply an account of the ensuing forty-eight hours, crazy, desperate, pathetic hours, and, to the reader, often hilariously funny. We seem to eavesdrop upon poor Holden's very soul as he pours out his story, unconsciously revealing his every confusion, his idealism and vulgarity, his fascination by and fear of sex, his hatreds and aggressions, his loneliness, his desire to love and be loved.

We see Holden saying good-bye to the school to whose standardized code of behavior he cannot adjust. We overhear him on the train to New York as he engages in a fantastic conversation with the mother of one of his fellow-students. In [N]ew York, unwilling as yet to face his parents, he goes to a cheap hotel. From this point on his adventures comprise a kind of Walpurgis Night of adolescence, involving a mad attempt at elopement, incredible talks with taxi-drivers, an unconsummated encounter with a lady of easy virtue, too much drinking, much mental suffering, and much sharp, critical insight into the nature of his own maladjustment.

Through all the unwisdom and tawdriness of his wild conduct he is somehow sustained by certain symbols of goodness − the two nuns he meets in the course of his errant pilgrimage, the recollection of his dead brother, and, above all, his sister Phoebe, one of the most entrancing small girls to be met with in fiction − or real life. Holden's relationship with Phoebe is the tender heart of a story that is only superficially hardboiled. It is a relationship quite without sentimentality; it is completely unself-regarding; and it is poignant and funny at the same time.

Beneath Holden's fears and guilts and wildness and lies is a profound talent, one feels, for love. What he admires most (he would call this sentence "corny") is the one thing his modish, horrible prep school cannot give him, the one thing his gilded-youth associates cannot give him, the one thing his un-understanding parents cannot give him – the experience of purity of soul. Holden wants to be good; he despises the cheap, the phony, the insincere; but his world is such that few virtuous alternatives are offered him. He does ugly things and despises himself for it. He is in dire need of a code nobler than that adhered to by the young barbarians about him. In fact, he seems to be suffering from an unsatisfied thirst for goodness; and, insofar as that would seem to be the whole world's trouble nowadays, *The Catcher in the Rye* contains implications of general import.

One reads it, hardly knowing whether to chuckle or to cry, for Holden, unaware that he is either, is both ludicrous and pathetic. His is the age of uncertainty: he does not yet know whether he is boy or man. He uses his generation's silly slang, soiled by an occasional obscenity. That is his idea of being "male" and grown-up. His fetishistic affection for his hunting-cap, however, is that of a twelve-year-old.

He is a whole civil war in himself, divided between the

natural instinct of herd-imitation and the fierce, confused passion to be an individual. He alternates between premature cynicism and the most charming generosity. He hates the world, he fears it, he conforms to it, he wishes to transmute it by love. At times he seems the misfit his parents, teachers and friends think him. At other times his integrity shines forth so lucidly that by contrast it is society that appears the misfit. His friend Stradlater tells him, "You don't do *one damn thing* the way you're supposed to"; but we wonder whether Holden, for all his eccentricities, isn't really superior to most of the sensible people he meets.

In Mr. Salinger we have a fresh voice. One can actually hear it speaking, and what it has to say is uncannily true, perceptive and compassionate. *The Catcher in the Rye* is a short novel; but its power over the reader is in indirect proportion to its length. Read five pages; you are inside Holden's mind, almost as incapable of escaping from it as Holden is himself. The portrait is complete and convincing. That rare miracle of fiction has again come to pass: a human being has been created out of ink, paper and the imagination.

入藏的此册中，尚夹一张朱墨两色印的单据。此单据是初版之年，纽约出版商每月一书俱乐部公司，推出的精选之册，"Midsummer Selection: *THE CATCHER IN THE RYE* (Incl. Mailing

Expense), $3.29" 的邮寄凭据。寄达者为"每月一书俱乐部"账户号 E-720 201 的"Mrs. Pearl Oval"。

七、Siegfried Sassoon, *Memoirs of a Fox-Hunting Man*, London: Faber and Faber, 1929. 威廉·尼科尔森（William Nicholson）插画初版（小说初版于一九二八年）。白色布面精装。封面正中印黑底粉红色狐狸头像。书名、作者名黑色。书脊上端粉红底印黑色书名，中段印黑色作者名，底端印黑色出版商名。书口和书底毛边。原书衣。作者观察世界的眼光清晰深邃，文笔上乘，想象力裹着浓浓的诗意与诙谐，两次世界大战间的英国栩栩如生跃然纸上。《猎狐人琐忆》这部半虚构作品担得起英国文学"经典"的荣衔。一九八五年，剑桥才子、战时诗人、散文家萨松和其他十六位著名诗人的名字被威斯特敏斯特大教堂的"诗人角"永久接纳。名牌上书战时诗友威尔弗雷德·欧文（Wilfred Owen）所撰文句："我的主题是战争和对战争的怜悯。诗就在这怜悯中。"（My subject is War, and the pity of War. The Poetry is in the pity.）顺购其《日记》（*Diaries*）初版三卷。London: Faber and Faber, 1981–1985. 布包纸板精装。原书衣：正面白色框中印作者不同时期照片。卷一：一九一五年至一九一八年日记，初版于一九八三年；卷二：一九二〇年至一九二二年日记，初版于一九八一年；卷三：一九二三年至九二五年日记，初版于一九八五年。

八、John Updike, *The Witches of Eastwick*, New York: Alfred A. Knopf, 1984.《东镇女巫》流通初版（First Trade Edition）。作者

本人设计原装书衣：正面取杜雷蚀刻画"四女巫"，底面取三女巫上半身细部。淡紫色布面精装。黑顶。毛边。书名页有作者厄普代克签名。此著一九八七年拍成电影，杰克·尼科尔森（Jack Nicholson）、雪儿（Cher）、米歇尔·菲佛（Michelle Pfeiffer）一众影星联袂出演。

二〇一四年四月二十四日　香港　时微雨　阴

再至此画值藏。购书六册：

一、Austin Coates, *Myself a Mandarin*, London: Frederick Muller, 1968.《洋大人》初版。原珍娜·克罗斯（Jeanne Cross）设计书衣：正面白底彩色中国山水画，画面左侧自上而下黑色毛笔字书"洋大人高志"五字。褐色布面精装。书脊，书名、作者名、出版商标识烫金。

二、Hans H. Frankel, *The Flowering Plum and the Palace Lady*, New Haven: Yale University Press, 1976.《梅花与宫女》（即《中国诗选译随谈》）初版。书名页，著者之妻张充和毛笔题签。紫色布面精装。书脊，作者名、书名、出版社名烫银。原书衣：淡紫色边框内嵌清画家罗聘墨梅图。此书我有平装初版本。在北大执教时，曾试译其中一章。今见此精装初版品相如新，再藏之。北大求学时，应是大四，一天，作者傅汉思来北大旁听许渊冲先生为我们讲授的翻译课。依稀记得那次课上，傅先生与许先生各自操着英语，就中西方翻译理论及语言理解间的细微文化差异，彼此争得面红耳赤，各不相让。激烈却得体。真真是君子之争。听得我等大过其瘾，至今难忘。许先生对傅先生此著里中国诗赋的阐释评价颇高，谓渊博而有灵气，特别拎出傅先生着墨甚多的"草"与"柳"的意象；但当着傅先生和我们年轻学生的面，又无所顾忌地指出，傅先生中国诗赋的英译远未得中文形美、音美、意美的高致。这"三美"恰是许先生毕生翻译实践的全部追求，也是他津津乐道的翻译成就。

三、Ernest Hemingway, *Across the River and into the Trees*, New York: Charles Scribner's Sons, 1950.《过河入林》美国初版。版权页印"A"及出版商标识。原 A. 伊万契奇（A. Ivancich）设计黑底彩图书衣。书衣底面印保罗·拉德考伊（Paul Radkai）拍摄的海明威穿短袖衫，右手抱黑猫俯视的黑白照。美国初版于一九五〇年七月推出，晚英国初版三天。

四、George Orwell, *Animal Farm*, New York: Harcourt, Brace and Company, 1946.《动物农庄》美国初版。黑色布面精装。书脊，作者名、书名、出版商名烫金。原黑底白衬红黑美术字书名书衣。书衣底面是作者介绍。此书二〇〇五年入选《时代》杂志"最佳英语小说一百部"。

五、George Orwell, *Shooting an Elephant and Other Essays*, New

York: Harcourt, Brace and Company, 1950.《猎射大象及其他》美国初版。原书衣。董乐山所译乔治·奥威尔已是经典，如同他主译和主校的那部《第三帝国的兴亡》，习翻译者不可不精研。董乐山是国内罕有的独具清醒与前瞻性文化思考的译家。总体来看，他那有着鲜明内在主线的译品正是他长期严肃思考的不朽果实。只可惜，几乎部部精心选择，部部均成精品的"有思想的"大译家董乐山先生弃世太早。

　　兰桂坊附近的坡道上，有条短且静的小巷"赞善里"（Chancery Lane）。缘坡而上来到六号，会见到一家名叫"樂文"（Lok Man Rare Books）的英文珍本书店。书店旁边有家画廊，还有家台湾年轻夫妻开的凤梨酥小店。此店凤梨酥新鲜味美。店的名气盖过樂文。问香港年轻人，他们多知道此凤梨酥店却少有说得出樂文的。我算得上樂文的老主顾了。多年前，书店还在上环水坑口附近的"荷李活道"时，我就常常在那里流连忘返。老板庄士敦（Lorence Johnston），英国人，居港多年，经营英文珍本书为生。他为人精明、谦和、得体，多年交往下来，彼此舒服。他对英文书的品位老到，对珍本书的行情了如指掌。当然，这也往往令他店内有些书籍标出的售价让人咋舌。他对我书的品位知根知底，确也替我觅得一些可圈可点的典籍。店内他办公桌对面，靠墙立着个不大的玻璃书橱。书橱里有两三格存放他自藏、舍不得出手的精品。我曾在他柜中见过，取出翻过《太阳照常升起》《麦田里的守望者》，品相如新的真正初版一刷和一套品相极佳、十三册齐全的比亚兹莱《黄面志》(*The Yellow Book: An Illustrated Quarterly*)布面精装初版。

今次在此购书九种二十三册:

一、Lewis Carroll, *Alice's Adventures in Wonderland / Through the Looking-Glass and What Alice Found There*, New York: Macmillan, 1927. 贝因屯-里维埃(Bayntun-Riviere)绛红色全摩洛哥皮重装,一九二七年麦克米伦八帧彩画再印版(麦克米伦此彩画新版初版于一九二一年)。书页顶口底三边烫金。收坦尼尔插画九十二帧,其中八帧为彩色。封面封底手压烫金装饰线框,框中分别印上下左右四组扑克牌环绕的"白兔"和"红王后"烫金图案。六格竹节书脊,每栏中,上下依序烫金印兔子、书名、扑克牌、作者名、插画者名、兔子、扑克牌。书脊底端扁框中印出版日期"1927"。

二、Eric Gill, *The Necessity of Belief*, London: Faber and Faber, 1936. 初版。《信仰的必要》原浅蓝底朱墨套印书衣。鲜红色布面精装。书脊烫金印书名、作者名、出版商名。

三、Ernest Hemingway, *A Moveable Feast*, New York: Charles Scribner's Sons, 1964.《流动的盛宴》美国初版。二分之一浅褐色布包灰绿色大理石纹纸板精装。书页蓝顶。硬封正面烫金印作者

1　二〇一五年圣诞节前,庄士敦终于松口,将这套难得的《黄面志》匀给了我。

签名手写体。书脊烫金印作者名、书名、出版商名。原书衣。书衣正面印二十世纪深受印象派影响的美国女画家希尔德加德·拉思（Hildegard Rath）的油画《巴黎新桥》（*Pont Neuf, Paris*）。书衣底面印亨利·斯特拉特尔（Henry Strater）一九二二年至一九二三年冬在意大利为作者画的左侧面半身彩色小油画肖像。海明威表情凝重专注。此前不久，他刚刚丢失自己全部早期作品的手稿。中译有翻译家汤永宽译本《流动的盛宴》。

四、W. Somerset Maugham, *Ah King*, London: William Heinemann, 1933.《阿金》初版。蓝色布面精装。硬封，书名烫金，右下角印黑色毛姆标识。书脊烫金印书名、作者名，下端以黑色印出版商名。原书衣。此集收作者短篇小说六篇。

五、W. Somerset Maugham, *Cakes and Ale*, London: Heinemann, 1930. 初版。蓝色布面精装。硬封书名烫金，右下角印黑色毛姆标识。书脊烫金印书名、作者名，下端黑色印出版商名。原书衣。毛姆这部《寻欢作乐》的初版有三处误印：第六十三页第二十二行最后一字漏印"I"；第一百四十七页第十四行最后一个字"won't"印为"won"（一说：初版一刷同时亦有部分印对者）；第一百八十一页第四行第一个字"it"印为"in"。毛姆这部被认为影射哈代和休·沃尔普、讽刺伦敦文学圈自命不凡的小说，我此前入藏了一册海涅曼一九五三年为毛姆八十寿辰推出的插画编号限印版。装入深蓝色硬纸板书匣的此册，亮丽、珍贵。二分之一浅蘑菇色牛犊皮书脊包蓝色牛犊皮硬封。两色皮之相接处，烫压一竖条细金线以示间隔。书脊上端，贴长方形，黑底，书名、作者名烫金的布标签。书封右下角压印不着色的毛姆标识。书顶烫金，书口书底毛边。萨瑟兰（Graham Sutherland）插画。书名页相对的扉页，整页石印萨瑟兰绘毛姆脸向左侧、双眼平视的头像，极传神，头像上方标注画像时间"7-7-53"。画像页的前一页，在此版一千册印数说明及编号二六的下方，毛姆与萨瑟兰双双用蓝色钢笔签名。正文前，有毛姆序八页，朱墨影印毛姆修改手稿四页（小说的头两页和最后两页）。

六、W. Somerset Maugham, *The Narrow Corner*, London: Heinemann, 1932.《偏僻的角落》初版。蓝色布面精装。硬封书名烫金，右下角印黑色毛姆标识。书脊烫金印书名、作者名，下端以黑色印出版商名。原书衣。这些年不断有缘入藏毛姆小说初版本，实在是欣赏他笔底写人写事精彩超群。连乔治·奥威尔都坦承，毛姆是现代作家中对其影响最大的一位（"The modern writer who has influenced me the most."）。

七、Oscar Wilde, *The Complete Works of Oscar Wilde*, Paris: Charles Carrington; London: Methuen and Co., 1908-1922. 王尔德指定遗稿保管人亦是其亲密同志罗伯特·罗斯（Robert Ross）编订的作者著作合集初版。十五卷。第十五卷收入的《为了国王的爱：一副缅甸面具》（*For Love of the King, A Burmese Masque*），是一九二二年装订为此全编同一款式的初版。此外，此版中，《一出佛罗伦萨的悲剧》（*A Florentine Tragedy*）、《维拉》（*Vera*）、《自深

深处》(*De Profundis*)，均为初版;《评论集》(*Reviews*)，首次成书;《杂集》(*Miscellanies*)，首次成书;《诗集》(*Poems*)，首次校订文本。整套书奶油色原装浆布精装。书封、书脊烫金印图饰及书名。精良人造纸。书页金顶。毛边未裁。

八、Izaak Walton and Charles Cotton, *The Compleat Angler / The Lives of Donne, Wotton, Hooker, Herber and Sanderson*, London: The Nonesuch Press, 1929. 限印编号初版。杰弗里·凯恩斯编辑。此绝无仅有版印一千六百册，入藏此册编号一五八二。英国售一千一百册，美国由兰登书屋代售五百册。此编除《钓客清话》及五人传记外还收作者书信及单篇杂著二十余篇，编者撰作者小传一篇。浅褐色全摩洛哥皮原装。封面烫金压印：竖椭圆花饰圈住的作者名首字母缩写。六格竹节书脊，书脊第二栏烫金印书名。大理石纹蝴蝶页。前蝴蝶页贴杰弗里·克拉克爵士（Sir Geoffrey Clarke）藏书票一帧。页顶烫金，其余两边皆毛。

九、Izaak Walton and Charles Cotton, *The Compleat Angler*, London: S. Bagster, 1815. 英国巴斯的贝因屯二十世纪初以褐色全摩洛哥皮皮装伦敦 R. 沃茨（R. Watts）一八一五年为塞缪尔·巴格斯特（Samuel Bagster）承印的第二版，也是此名著《钓客清话》的第八版。书前有作者小传六十四页。插图九十九帧，其中十二帧为手工上色。封面封底烫金印细线条框，条框四个边角以花饰相接。六格竹节书脊，第二、四栏内烫金印书名、作者名，余栏印封面相同烫金花饰。第六栏底端扁框中烫金印："Extra

Illustrated"（藏家个人额外插图版）及此版年代"1815"字样。书页顶口底三边烫金。内缝深褐色细条丝绸书签带两条。所谓"藏家个人额外插图版"指的是"格兰杰式插图版"（grangerized copy）。

二〇一五年一月十九日　香港　晴

在樂文购品相极佳的弗莱明作品初版六部及其他。弗莱明的"邦德小说系列"共十四部，其中包括短篇集两部。自一九五三年始至一九六四年作者去世时，共出版了十二部。一九六五年和一九六六年推出最后两部：《金枪人》（*The Man with the Golden Gun*）和《八爪女与黎明杀机》（*Octopussy and the Living Daylights*）。迄今，我入藏"邦德小说系列"书衣完整的初版本计十二部。所缺两部，尚待机缘。极喜此系列的原书衣设计。

Ian Lancaster Fleming, *Dr. No*, London: Jonathan Cape, 1958. 《诺博士》（或译为《第七情报员》）初版。帕特·马里奥特（Pat Marriott）设计原书衣。此书一九六二年改编成电影，肖恩·康纳利（Sean Connery）主演。此书为"邦德小说系列"之第六部，电影系列之一。

Ian Lancaster Fleming, *Octopussy and the Living Daylights*, London: Jonathan Cape, 1966. 《八爪女与黎明杀机》初版。原书衣。短篇小说集。"邦德小说系列"之最后一部，即第十四部。作者身后出版。

Ian Lancaster Fleming, *Thrilling Cities*, London: Jonathan Cape, 1963. 初版。原书衣。照片数帧。《惊异之城》为作者一九五九年至一九六〇年发表于伦敦《星期日时报》（*Sunday Times*）的记游文字。

Ian Lancaster Fleming, *You Only Live Twice*, London: Jonathan Cape, 1964.《择日而亡》初版二刷。原书衣。此书一九六七年改编为电影，肖恩·康纳利主演。"邦德小说系列"之第十二部。

Ian Lancaster Fleming, *From Russia with Love*, London: Jonathan Cape, 1957.《来自俄罗斯的爱情》初版。理查德·肖平（Richard Chopping）设计的原书衣。初版一刷：第十八页第一行"the sexuality"误印为"the asexuality"；第一百三十六页第八行"ice twinkled"误印为"ice tinkled"；书衣底面框中印《永远的钻石》（*Diamonds Are Forever*）评论六则。之后，部分三刷与全部四刷，书衣底面则替换为其他小说的评论。"邦德小说系列"之第五部。

Ian Lancaster Fleming, *The Man with the Golden Gun*, London: Jonathan Cape, 1965.《金枪人》初版二刷。初版一刷印九百四十部"试装帧本"（trial binding），精装硬封正面印凸饰烫金手枪图案，极亮丽。二刷时因成本考虑去掉了此烫金手枪浮饰。"邦德小说系列"之第十三部。作者身后出版。我入藏的此册虽是初版，却非一刷。多年前，在伦敦曾错过一册初版一刷。另待机缘。

Graham Greene, *A Sense of Reality*, London: The Bodley Head, 1963.《现实之感》初版。原书衣。收四个短篇。此册极难寻。

Harper Lee, *To Kill a Mockingbird*, New York: J. B. Lippincott, 1960.《杀死一只知更鸟》每月一书俱乐部初版。原书衣。此著一九六一年获普利策小说奖。

W. Somerset Maugham, *The Selected Novels*, London: William Heinemann, 1953. 三卷本《小说选》统一装帧初版。原书衣。三卷收毛姆小说九部。

W. Somerset Maugham, *The Summing Up*, London: William Heinemann, 1938.《总结》初版。原书衣。

二○一五年一月二十日　香港　晴

在樂文购书数种。

J. G. Ballard, *Empire of the Sun*, London: Victor Gollancz Ltd., 1984. 初版。二十世纪八十年代末，斯皮尔伯格据此著拍摄的电影《太阳帝国》成为轰动一时、国际重要奖项拿奖拿到手软的大经典。影片中，扮演四十年代失散双亲、浪迹战乱时中国的那个小男孩吉姆正是今日好莱坞炙手可热的影星克里斯蒂安·贝尔。此著有翻译家董乐山的中文译本。

Saul Bellow, *Dangling Man*, New York: The Vanguard Press, 1944.《晃来晃去的人》初版。作者第一部小说。布面精装。书名页有作者贝娄签名。原书衣。

Saul Bellow, *Herzog*, New York: Viking, 1964.《赫索格》初版。作者第六部小说。布面精装。梅尔·威廉森（Mel Williamson）设计原书衣。

Saul Bellow, *Seize the Day*, New York: Viking, 1956.《抓住时机》初版。作者第四部小说。布面精装。作者贝娄签名本。比尔·英格利希（Bill English）设计原书衣。

Saul Bellow, *The Adventures of Augie March*, New York: Viking, 1953.《奥吉·马奇历险记》初版。布面精装。书顶刷淡橘色。

Truman Capote, *Breakfast at Tiffany's*, New York: Random House, 1958.《蒂凡尼的早餐》美国初版。原书衣，书封内折页印日期"10 / 58"。特制蚌壳书匣（clamshell case），正面印奥黛丽·赫本剪影，书脊贴黑色摩洛哥皮书名标签。黄色布面精装。此著已入藏其英国初版。

Truman Capote, *Other Voices, Other Rooms*, New York: Random House,

1948.《别的声音，别的房间》初版。作者卡波特二十三岁时出版的第一部小说。布面精装。

Isak Dinesen, *Out of Africa*, New York: Random House, 1938.《走出非洲》美国初版。杜鲁门·卡波特称其为"二十世纪写得最美的书中的一部"。

购高罗佩小说"狄公奇案系列"九部[1]。此系列，英国版称"Strange Cases Solved by Judge Dee"，其前几部亦称"A Judge Dee Mystery"或"New Judge Dee Mysteries"；美国版称"New Judge Dee Mysteries"。为行文方便计，以下统称"狄公奇案系列"。

---

1 与高罗佩有关的书，樂文的庄士敦为我觅得的两册极其难得。

一册是《兰坊除夕》（*New Year's Eve in Lan-fang*）。平装。奶油色纸质外封。封面以棕色印书名作者名。书顶毛边，书口书底未取齐。正文三十二页。书名页下半部分空白处朱色印方章式连笔"福"字，正文最后一页下半部分空白处朱色印方章式连笔"寿"字。高罗佩一九五六年至一九五九年代表荷兰出使叙利亚和黎巴嫩。为庆祝一九五九年新年，他在贝鲁特私人印坊"Imprimerie Catholique"，以精良的纸张、雅致的字体版式印制了此两百册，作为即将离任的新年问候礼。我入藏的此册为芝加哥大学医学院皮肤科系系主任劳伦斯·M. 所罗门（Lawrence M. Solomon, 1930—2014）教授的旧藏。医学之外，所罗门嗜书如命，酷爱文学，特别是侦探小说，尤倾心于《福尔摩斯》。《兰坊除夕》经作者修订后，更名为《除夕案》（"Murder on New Year's Eve"），收入作者短篇集《狄公判案》（*Judge Dee at Work*）。一九六七年九月二十四日高罗佩因肺癌辞世后，由八个短篇构成的《狄公判案》，分别由英国的海涅曼和美国的查克斯·斯克里布纳之子同时推出。此短篇集为"狄公奇案系列"画上完美句号。作者身后出版的最后一部长篇是一九六八年英国海涅曼及一九七〇年美国查尔斯·斯克里布纳之子先后推出的 *Poets and Murder*（《黑狐狸》）。

另一册是荷兰作家扬威廉·范德书特林（Janwillem Van De Wetering）撰写的《高罗佩：其生平与创作》（*Robert Van Gulik: His Life, His Work*）。迈阿密丹尼斯—麦克米伦出版社（Dennis McMillan Publications）一九八七年初版。精装。一百四十七页。乔·塞尔韦洛（Joe Servello）设计书衣，封面彩绘狄公及高罗佩断案场景，底面绘高罗佩在东京的书房"集义斋"；红底金龙蝴蝶页。此版印三百五十册。我入藏之册的编号为三三二。作者签名。

Robert Van Gulik, *Murder in Canton*（《广州案》）, New York: Charles Scribner's Sons, 1967. 美国初版。虽然书的出版日期印的是一九六六年，实际是于次年出版的。"狄公奇案系列"十七部之第十三部。作者绘仿古木版画十二帧及广东地图一帧。高氏插画所仿多为明代木版画，就像他笔下日用生活场景及民俗的描写亦多依明代文人的文字，而非精准再现大唐时代文化细节。

Robert Van Gulik, *Necklace and Calabash*（《玉珠串》）, London: Heinemann, 1967. 英国初版。"狄公奇案系列"十七部之第十六部。作者绘仿古木版画八帧。蝴蝶页印珠串图。

Robert Van Gulik, *Poets and Murder*（《黑狐狸》）, London: Heinemann, 1968. 初版。"狄公奇案系列"十七部之第十七部。作者绘仿古木版画八帧。

Robert Van Gulik, *The Chinese Bell Murders*（《铜钟案》）, London: Michael Joseph, 1958. 初版。"狄公奇案系列"十七部之第三部。此著首次在英国出版。作者绘仿古木版画十五帧。红色插画蝴蝶页。

Robert Van Gulik, *The Chinese Lake Murders*（《湖滨案》）, London: Michael Joseph, 1960. 初版。此版和美国版同时出版。"狄公奇案系列"十七部之第五部。此著首次在英国出版。作者绘仿古木版画十二帧。红色插画蝴蝶页。

Robert Van Gulik, *The Emperor's Pearl*（《御珠案》）, New York: Charles Scribner's Sons, 1963. 美国初版。"狄公奇案系列"十七部之第八部。作者绘仿古木版画八帧。红色赛龙舟图蝴蝶页。

Robert Van Gulik, *The Haunted Monastery*（《朝云观》）, London: Heinemann, 1963. 初版。"狄公奇案系列"十七部之第七部。作者绘仿古木版画八帧。寺庙图蝴蝶页。

Robert Van Gulik, *The Red Pavilion*（《红阁子》）, Kuala Lumpur: Art Printing Works, 1961. 初版。平装。书封黑底红字。吉隆坡初版的此册极罕见。此书一九六四年才出伦敦版；一九六八年才出纽约版。"狄公奇案系列"十七部之第十部。作者绘仿古木版画六帧。黑色蝴蝶页。

Robert Van Gulik, *The Willow Pattern*（《柳园图》）, New York: Charles Scribner's Sons, 1965. 美国初版。"狄公奇案系列"十七部之第十二部。作者绘仿古木版画十五帧。作者绘蓝白色蝴蝶页。

购高氏"狄公奇案系列"原版，是想补读补读一位博学的荷兰中国通精心营构、历时十五年始得完成、"普通西方人借以间接地窥视中国文化博大精深"的名作。既得原文，按捺不住，先折到中环镛记斜对面专营法文书的欧陆书店，买到一套四卷本、近三千页、收高氏长短篇计二十四部的法译 *Les aventures du juge Ti*（Paris: La Découverte, 2005）；再折到尖沙咀美丽华商场底层商务印书馆书店试试运气。果然，如愿在这里买到一套海南出版社二〇一四年九月第五次印刷的八卷本《大唐狄公案》。几年来，借名家推荐的加持，此中译本老少通吃，一印再印，时有耳闻。回到住处，急切中随意翻开第五卷第三部《玉珠串》，比照开篇一读，着实吓了我一身冷汗，以为买到的英文原版是舶来的山寨版。

安妮·克里夫（Anne Krief）的法译亦步亦趋，像极了高罗佩的仿真翻版。试译高罗佩原文如下："静悄悄、湿漉漉的丛林里狄公又策马前行了半个时辰，他勒住马，忧心忡忡仰头看看上面密实的林叶。他看到的只是小小一片铅灰色天空。沥沥细雨随时会化作夏日倾盆。他黑色的幞头、出行在外时穿的镶黑边儿的褐色袍服早已湿透，长髯和颊须上亮闪闪挂着水珠。"

再看手中海南版中译《玉珠串》："黄昏，细雨霏微，碧森森一带松林缭绕着一团团黑云，半日都不曾见着个人影。黑云沉坠在树梢头，酝酿着一场大雨。时正夏日燠暑，狄公策马在林间急匆匆穿行，全身衣袍早已湿了，脸面上汗珠雨珠流成一片，浓密的长胡须沾着水珠一闪一闪，亮晶晶。马蹄践踏着枯枝败叶，时而溅起一串串污泥浆水，散发出阵阵霉烂气味。成群的蚊蚋围上狄公人马，嗡嗡咿咿，驱之不散。"

黄昏——碧森森一带松林——缭绕着一团团黑云——半日都不曾见着个人影——黑云沉坠在树梢头——夏日燠暑——汗珠雨珠流成一片——马蹄践踏着枯枝败叶——时而溅起一串串污泥浆水——散发出阵阵霉烂气味？你们在哪儿？你们能不能从高罗佩原文中钻出来让我看个究竟？

耐着性子往下读，渐渐找到点滴线索。真像似无间道式的案

中案。高罗佩和他的狄公只能甘拜下风。译者的想象力才配称为
"中国的福尔摩斯"。或者如此对读下去，说不定我真能被训练成
"中国的福尔摩斯"。

高罗佩《玉珠串》原文：

When Judge Dee had ridden for another hour through
the hushed, dripping forest he halted his horse and cast a
worried look at the dense foliage overhead. He could see only
a small patch of the leaden sky. The drizzle might change into
a summer shower any time; his black cap and black-bordered
brown travelling-robe were wet already, and moisture
glistened on his long beard and side-whiskers.

Rober Van Gulik, *Necklace and Calabash*,

London: Heinemann, 1967

法译《玉珠串》原文：

Après une nouvelle heure de chevauchée à travers la
forêt silencieuse et ruisselante d'eau, le juge Ti arrêta son
cheval et regarda avec inquiétude l'épais feuillage au-dessus
de sa tête. Seul apparaissait un petit morceau de ciel gris. Le
crachin pouvait à tout moment se transformer en une violente
averse d'été; son bonnet noir et sa robe de voyage brune,

bordée de noir, étaient déjà trempés, et de petites gouttes
brillantes perlaient sur sa longue barbe et ses favoris.

Les aventures du juge Ti,

Paris: Éditions La Découverte, 2005

"When he had left the village at noon ... He must have taken a
wrong turn somewhere, for he estimated he had been riding for about
four hours now ..." 正午。约莫两个时辰。再加开头的半个时辰。
呃，久违的黄昏！"... seeing nothing but the tall trees and the thick
undergrowth, and meeting no one." 碧森森一带松林？不像。其实这
松林要到很多段落之后才为高罗佩所点明，可译者此时非急不可
待来个扫兴的剧透。半日都不曾见着个人影？YES！"... the odour
of wet, rotting leaves seemed to cling to his very clothes." 马蹄践踏
着枯枝败叶——时而溅起一串串污泥浆水——散发出阵阵霉烂气
味？特写镜头全给了"马蹄"，可怜的狄公呢？湿乎乎败叶的气味
怎么会放过一路策马奔波的狄公的袍服？慢！成群的蚊蚋围上狄
公人马，嗡嗡咿咿驱之不散？淅淅沥沥的雨天，蚊蚋命都不要，
竟斗胆淋湿翅膀，缠着倒霉的狄公，还嗡嗡咿咿驱之不散（按：
蚊子喜雨后水洼，却并不喜雨中飞行，虽然即令是大雨亦无法伤
其独特的身体构造）？不得不佩服这战斗力！问题是，似乎言之
凿凿的"蚊蚋"和"嗡嗡"两句来自何方？我是在读贝克特的荒
诞？可他是高罗佩！高罗佩"再造"中国公案，是因为他有着艺
术家肆无忌惮的"创作特权"（artistic license）；而真正称得上翻
译的翻译，无论如何不能够享受哪怕是些微的这一特权。换言之，

译者之难，尚不在语言理解与传递间无望的踌躇徘徊；译者真正难过的关口，乃是能否时刻坚守翻译的"职业操守"，念念相续中驯服"我执"生起的"凌驾""改窜"甚至"肢解"原作的贪嗔痴。否则，就算是诚心诚意的"意译"终将会化作无厘头的"臆译"或是"梦译"乃至"梦呓"。

高罗佩写人物写得细致入微："When he looked up he suddenly stiffened, and stared, incredulous, at the hulking shape riding towards him on a horse that trod noiselessly on the soft moss." "他抬头定睛一看，不由浑身紧绷起来；他不敢相信自己的眼睛——一匹马驼着一团庞然大物正悄无声息踏着软软青苔迎他而来。"此情此景的出现，是因为高罗佩前两句刚刚交代：汗水顺狄公湿湿的眉毛流进眼里，刺得他火辣辣疼。马背上的他只好低下头，用手揉揉双眼。猛然间抬起头，虽"定睛一看"，怕是短暂之中尚一时缓不过劲儿，视线依然迷迷离离，才有看不清究竟的一团庞然大物（用了笼统的 shape 一词）迎面而来的错觉。"悠悠晃晃"译"hulking"（体型笨重的、体型笨拙的）暂且按下不表，海南版的中译把高罗佩字里行间的"微妙细腻"忘得精光，几个字就营造出的揪心的宁静不复存在，只化为平庸的一句："猛地一阵'橐橐'蹄声，前面林木间悠悠晃晃闪出一骑。"原本令人屏住呼吸的心理大片就这样被翻拍成俗套的动作片，而且还犯了大忌，配上一阵致命的"橐橐"蹄声。请再读一遍，"... a horse that trod noiselessly on the soft moss"。下文不远处，高罗佩再写警觉的狄公："His hand moved to the hilt of the sword hanging on his back." "他的手探向背在肩后的宝剑剑柄。"海南版中译："狄公不由紧握住腰下佩着的雨龙宝剑的剑柄。"将宝剑从"背后"（on his back）移至"腰下"，将那只手"尚未触及"的动感的悬念（moved to），定格为"已然紧紧握住"的静态的结局。原文尚未读完三十六行，处处领略的却是译者"化神奇为腐朽"的粗陋刀痕，与高罗佩人物的精致传神，相去真不可以道里计。

我怕因偶然的发现引出的批评失之偏颇，只举孤证就污了译者矻矻终日的辛劳，再认真翻检其他几部，随意找些段落一一比对，前面的结论依然没变。显然，如此的译品被人捧得太过离谱："绝妙的翻译"；"文字的古香古色，进退自如，堪称是翻译中的神品"；"高罗佩若地下有知，应该含笑九泉了"。我承认，它的确称得上是"神品"，虽然我指的是另外一层意思。高罗佩真若地下有知，他大概仍会含笑，只是拒绝回来接受这部翻译中的"神品"吧。

考虑到西方读者，高罗佩每部小说后均附一篇或长或短的"跋"（Postscript）。他的跋大致由两部分构成：通用于每一部的狄仁杰介绍和专用于具体作品的细节撮要。其实，这些跋中的细节撮要对于读者（即便是今日中国的读者）亦不无助益。这些跋本身即着墨不多的散文佳构。通过这些跋，学者高罗佩对中国文化渊博精深的了解呼之欲出。例如，此著中关于原文题目的另一重要道具"calabash"（葫芦），高罗佩这样写道："葫芦，自古以来，就在中国哲学和艺术中扮演着重要角色。制干的葫芦坚固耐用，常用作储药藏器；因之，它也成了古时药铺的幌子。道教的得道高人，按照文献描述，都带着一只葫芦，葫芦里装着长生不老的灵丹妙药；因之，传统上它又象征着长生不死。它还象征着万物之间的相依相存，就像古人所言：'葫芦虽小藏天地。'即使今天，人们仍会常常见到，中国的长者或日本的长者，他们用双手的掌心悠闲自得地摩挲着葫芦，这样做据说更容易让人进入冥想。"海南版《玉珠串》删去了此跋，只在终卷第八卷的最后附了篇作者长跋。长跋未注明出自何处，似乎是将通论部分与每部的细节撮要汇为了一篇。这样的处理方式，虽不大方便读者每部作品具体的阅读，尚勉强可以接受。因为，比起译文如何尊重和处理原作本身的大是大非，这毕竟算是小巫了。

高罗佩《玉珠串》跋原文：

The calabash or bottle-gourd has, since ancient times, played an important role in Chinese philosophy and art. Being very durable in its dried state, it is used as a receptacle for medicine, and hence it is the traditional shop-sign of drug-dealers. Taoist sages are said to have carried the elixir of longevity in a calabash, hence it has become the traditional symbol for immortality. It also symbolizes the relativity of all things, as expressed in the ancient saying: "The entire universe may be found within the compass of a caablash." Even today one will often see old Chinese or Japanese gentlemen leisurely polishing a calabash with the palms of their hands, this being considered conducive to quiet meditation.

"Postscript", *Necklace and Calabash*,

London: Heinemann, 1967

简言之，译高罗佩，要在明白，他的"狄公奇案系列"用的虽是原汁原味中国的材料（取自唐宋明清），做出来的却是色香味俱全的西方的大餐。也就是说，它们叙事氛围是中国古代的，生活场景是中国古代的，呈现方式却是西化的、现代的（虽然小说开篇有时有意套用中国公案小说开场时概括性的撮叙法）。所谓西化，其特征是，多聚焦在狄公这一人物细节的特写上而非大而全的全景式描写，写实质而不是描外表；所谓现代，其特征是，选取的巧妙情节是依照英国推理派的路数"再造"的，环环相扣，步步逼近。正因如此，高罗佩的"中国公案小说"而非中国人的"中国公案小说"，才会以西方人丝毫不觉得隔的"可读性"流行至今，甚至步入西方人的大学堂。若依中国人"中国公案小说"千篇一律的叙事套路、描摹手段，"还原"蹊径独辟、匠心独运的高罗佩，真是毁了他十五载呕心沥血的艺术探寻和他对中国文化特别是"神奇般振兴"中国公案小说，做出的独有贡献。

Jerome K. Jerome, *Three Men in a Boat*, Bristol: J. W. Arrowsmith, 1889.《三人同舟记》初版二刷。初版一刷书名页，印"Quay Street"；一八八九年底前印的二刷加门牌号"11 Quay Street"。二分之一蓝色摩洛哥皮包纸板精装。六格竹节书脊。封底附出版商原图案布面书封。A. 弗雷德里克斯（A. Frederics）小幅素描及整页纸板贴画多帧。

John Lockwood Kipling, *Beast and Man in India*, London: Macmillan and Co., 1891. 初版。单看《印度的兽与人》这一书题

就不会让它从我手中溜掉。作者老吉卜林乃名作家吉卜林之父，一八六五年至一八九三年在印度居住近三十年。身为画家、教师和学者的老吉卜林为爱子小吉卜林作品画了大量插画。在小吉卜林眼里，幽默、宽厚的父亲是其"知识的宝库"，"随需随在的救星"，"老师中的老师"。此书副标题是：*A Popular Sketch of Indian Animals in Their Relations with the People*。作者引人入胜地描述了印度大量动物，从乡帮文献和历史传说中钩沉出印度动物与人之间微妙奇异的关系。有趣之书。难得的是，作者在书中辑入大量诗歌并为此著创作了一百余帧生动别致的插画。得空与小吉卜林的《丛林之书》（*The Jungle Book*）正续编并读应会更觉趣味盎然。

一次次来香港，一次次来樂文，乐此不疲，却终难为外人道。其实，我是在把它们一读再读，犹如难以割舍的珍本。

一九八八年三联初版的三卷本叶灵凤《读书随笔》，初集开篇的文字叫《重读之书》。叶先生说得语重心长："小泉八云曾劝人不要买那只读一遍不能使人重读的书。这是一句意味很深长的读书箴言，也是买书箴言。""将读过的书重读一遍，正与旧地重临一样，同是那景色，同是自己，却因了心情和环境的不同，会有一种稔熟而又新鲜的感觉。这在人生中，正如与一位多年不见的旧友相逢，你知道他的过去，但是同时又在揣测他目前的遭遇如何。""在这岁暮寒天，正是我们的思念旧友，也正是我们重行翻开一册已经读过一次，甚或多次的好书最适宜的时候。"

"重读"即"重临"。"重临"即"重读"。说的不正是我猎过的珍本，逛过的樂文，来过的香港，品过的人生？

巴黎猎书留踪

——"购书记"之三

二〇一四年六月七日　巴黎　阴雨转晴

Cimetière du Père-Lachaise. 这样的天气去拉雪兹神甫公墓再理想不过了。

双脚刚踏上活色生香的巴黎却兴奋地走近死亡？多数人大概不会如此安排。然而，我有我内心不可抗拒的隐秘理由。大概从时空的另一维度，也只有埃德蒙·雅贝斯（Edmond Jabès）和海蒂·霍尼格曼（Heddy Honigmann）能够明白我什么意思。

《问题之书》（*Le Livre des Questions*）："假如活着意味着看，那么死就注定意味着让人看。／生与死便无非活在眼里的双重历险。"雅贝斯的几部书，法文原文和英文译本，在我床头静静停留了许多年。这位犹太思想家和诗人的文字深邃美丽，随意逗留在任何一个段落，独特文字背后那股神秘的力量总会像电击一样划过我的心脏。可不知何故，雅贝斯盖世之作迄今尚无一部翻译成中文。[1]

雅贝斯原文：

Si vivre est voir, mourir serait, alors, être vu.

Vie et mort ne seraient ainsi que la double aventure vécue de l'œil.[2]

难忘荷兰女导演海蒂·霍尼格曼二〇〇六年获国际纪录片金奖的《永远》（*Forever*）。一部每一个镜头都盯视着死亡的影片，却把死亡的宁谧揭示得比生的喧嚣更加迷人。纪录片留下这样一段故事：一个二十出头的瘦弱韩国小伙子第一次出国，他旅行的唯一一站竟是巴黎的拉雪兹神甫公墓。画面上，他手捧一小盒不大考究的点心，在普鲁斯特墓前小心翼翼打开，然后虔敬地放在平躺着的黑色大理石墓碑上。面对镜头，他显得那样腼腆，简直有些不知所措。从他含着泪光断断续续的表达中，我捕捉到了他此行的真正目的。小时候，不爱读书，总完不成阅读功课的他，有一次让严厉的老师恶魔般惩罚了。他必须在限期内一页不落地通读完普鲁斯特的"长河小说"《追忆似水年华》。怎么可能完成这种人生磨难？在无力反抗的怨怒中，他无奈打开了第一页。时间慢慢给了

---

1 二〇二〇年刘楠祺译本由广西师范大学出版社出版。

2 Edmond Jabès, Dans l'intuition du livre, *Le Livre des Questions, tome II: Yaël - Elya Aely -. (El, ou le dernier livre),* Aely, Collection L'Imaginaire (n° 214), Gallimard, 2008, p. 38.

他耐心。普鲁斯特细腻的文字渐渐捕捉并彻底诱惑了他。当他终于恋恋不舍，合上最后一页文字的刹那，他竟不知不觉中成长为全校最会读书和最善于思考的一个孩子。他铭心刻骨记住了普鲁斯特，还有普鲁斯特笔下精心描述的点心。他来法国，他来巴黎，为的只是向用另一种文字打开他人生另一扇大门的良师益友致敬。

时断时续的毛毛细雨中，独自拜谒着拉雪兹神甫公墓。作家巴尔扎克，音乐家比才，美食家、《口味生理学》作者萨瓦兰，音乐家肖邦，画家德拉克洛瓦，画家杜雷，寓言诗作家拉·封丹，剧作家莫里哀，小说家缪塞，法国香颂天后、电影《玫瑰人生》主人公皮雅芙，小说家普鲁斯特，小说家格特鲁德·斯坦，小说家奥斯卡·王尔德……唯有亲眼读过拉雪兹神甫公墓的一座座墓石与墓碑，才会品味得出，为什么有些人的死却是真正精彩永恒的生。

下午一时三十分自墓园出来，天竟放晴了。逛左岸。

太阳下，清澈的塞纳河懒洋洋躺着。十八世纪末开始，河边长长一溜绿漆铁皮箱展示着印了时光印痕的各色画作、明信片和并未给我带来惊喜的新旧法文书籍。圣日耳曼大道（Boulevard Saint-Germain）附近咖啡馆不少，可大多人满为患。毕加索常常光顾的"花神"（Café de Flore）和萨特、加缪、玛格丽特·杜拉斯常常光顾的"双叟"（Les Deux Magots）早已不是阅读静思的销魂处。更难以领略萨特笔下"自由之路是从花神咖啡馆开始的"情景。"在萨特和波伏娃之前，圣日耳曼德普雷区的咖啡馆就有许多说话不多的文人出没，例如，你能看见埃兹拉·庞德在双偶［按：即'双叟'］咖啡馆里，而莱昂-保尔·法尔格则在对面街上的利波咖啡馆中，剧院街离圣日耳曼大街只有几步之遥，除了我们两家书店整天热热闹闹之外，整条街则安静得如同一个乡下小镇。"眼前景象早已不是西尔维亚·比奇在其回忆录中写到的那样令人神往了。

不想寻找著名的"剧院街十二号"原址了。明知现在的莎士比亚书店不过是在美国人乔治·惠特曼手中精神还魂的另一处所，还是脑中惦念着书店的生母西尔维亚·比奇。来巴黎还是不能不走进"莎士比亚书店"。

颇有斩获。在书店"珍本部"购得心仪的海明威与伍尔夫初版书九种：

一、Ernest Hemingway, *A Moveable Feast*, London: Jonathan Cape, 1964. 英国初版。此册《流动的盛宴》书衣完整。*Death in the Afternoon*, New York: Charles Scribner's Sons, 1932. 美国初版。此册《死在午后》书衣完整。*Green Hills of Africa*, London: Jonathan Cape, 1936. 英国初版。黑底绿字书名，白字印作者名。此册《非洲的青山》书衣完整。绿顶。线条画插画。*To Have and Have Not*, New York: Charles Scribner's Sons, 1937. 美国初版。此册《有钱人和没钱人》（又译作《江湖侠侣》《虽有犹无》）书衣完整。海明威英文题签、西班牙文署名（一个拥抱欧内斯特）——"Dear Nicole: This is a very difficult book but not for you / un abrazo Ernesto"。

二、Virginia Woolf, *The Captain's Death Bed and Other Essays*, London: The Hogarth Press, 1950. 英国初版。精装。此册《船长临终时及其他》原凡妮莎·贝尔设计书衣。*The Common Reader:*

Second Series, London: The Hogarth Press, 1932. 英国初版。精装。此册《普通读者·二编》原凡妮莎·贝尔设计书衣。*Contemporary Writers*, London: The Hogarth Press, 1965. 英国初版。精装。此册《当代作家》，原书衣。*The Death of the Moth*, London: The Hogarth Press, 1942. 英国初版。精装。此册《飞蛾之死》原凡妮莎·贝尔设计书衣。*Granite and Rainbow*, London: The Hogarth Press, 1958. 英国初版。精装。此册《花岗岩与彩虹》原凡妮莎·贝尔设计书衣。

　　走进左岸教堂外小巷一家专售法文新书的书店。购得伽利马"七星文库"版十二卷本巴尔扎克《人间喜剧》（*La Comédie humaine*, Collection Bibliothèque de la Plèiade [n° 141], Gallimard）中的十一卷。店里独缺第十一卷。情急中，见英语没人买账，只得操起荒废已久的法语，求店主可否想办法配齐。男店主五十岁上下，一头灰白卷发，一身浅灰色西装。在正对店门的收银柜台后忙碌的他，见我生疏法语中流露出对巴尔扎克倔强的钟情，放下手中的活，匆匆带我走出书店。人头攒动的街上，一边匆匆躲闪着行人，一边用法语跟他聊我的英译巴尔扎克全集、汉译巴尔扎克全集。十几分钟后，拐进一家书店。此店他似乎很熟络。进门，从左侧紧贴墙壁的栗色木架高处的一格抽出此版的第十一卷，递给门旁女收银员，执意自己买下送我留个纪念。他读懂了我的心愿，让我心满意足从巴黎带套完整无缺的巴尔扎克回北京。

　　返回酒店，迫不及待，将装了两大结结实实塑料手提袋的书摊开在厚茸茸的地毯上。玻璃窗泄进来的天光下，一册册细细翻看把玩。从一九七六年出版第一卷到一九八一年出版最后的第十二卷，整整五年的岁月串起洋洋洒洒两万零八百三十三页（圣经纸）的篇幅，立起又一座"七星文库"的文学丰碑。

我不知道，还有多少人愿意在巴尔扎克文字长河里荡起思考和欣赏的双桨？逐新逐奇的人性定会果断抛弃他，一如时代眼都不眨抛弃任何一位"过气"的明星。然而，巴尔扎克却有足够的抗体来抵挡人性的无情。小说家只是他亮给俗世以及一代代后人的面具，人性精细的观察者和深刻的思想者才是他面具后真正存在的本质。深受其影响的雨果概括得鞭辟入里，就像是此时此刻对着我眼前摊开一地的这套刚到手的书说的："他全部著作汇聚成一部书，这部书充满着生命、耀眼的光芒和深远的意义。我们当代整个文明，其来龙去脉，其发展和动向，无不以令人叹为观止的现实感呈现在我们眼前。"

二〇一四年六月八日　巴黎　阵雨

下午晴好。三时在巴黎红土球场罗兰·加洛斯球场（Roland Garros Stadium）看法网男单决赛。纳达尔对阵德约科维奇。艳阳下激战历时三小时余，纳达尔卫冕成功。

二〇一四年六月九日　巴黎机场　阵雨

上午十时参观卢浮宫（Musée du Louvre）。晚六时雨中离开饭店赴机场返京。

巴黎，我会再来。

答问

经典的"无用"，正是它的"意义"[1]

"新东方联合创始人、真格基金联合创始人"，王强用手机发来他的"简介"，这也是他为人熟知的身份。在电影《中国合伙人》中，他正是佟大为扮演的王阳这个角色的原型。当记者以"读书人"称之时，王强立即回应："知我者也。"事实上，"读书人"和"藏书人"是王强最喜欢的两个"称呼"。作为企业家，他极讨厌成功学，业余时间，埋首故纸堆，搜寻从十八世纪到二十世纪六十年代的英文图书，收藏、阅读相得益彰。三十年来，他从未走进拍卖行，对于从欧美等地费力搜来的古书，他不视为商品，而是通过收藏和阅读，这些书成了"高速铁路时代"的一种减速玻璃，是他心灵的"安稳剂"，亦是穿越琐碎现实，抵达"最高意义"的一个桥梁。当然，所谓"最高意义"，更多是一种个人体验，落脚于经典作品，夹杂着幻觉、偏爱和执念，这正是"书痴"的另一种注脚。在别人看来无意义，王强却乐此不疲。

新京报：看了你最近发表的《书蠹牛津消夏记》一文，还有

---

1 此文收入本书，个别文字做了修订，补加了按语，用我答问中的一句话替换此文刊发时记者代拟的题目。《新京报·书评·人物》二○一五年十一月七日。采访者：《新京报》记者吴亚顺。

此前有关淘书、买书、藏书的文章，首先想问，当你喜欢某个作家，竭力搜寻他全部的作品时，这是一种什么样的体验？

王强：我喜欢弗吉尼亚·伍尔夫。过去二十年来，我在世界各地跑，她出版的十几部小说、所有散文集的初版本，还包括日记、书信、传记、同时代人的回忆等，到今年，基本上搜集完毕。我是穷尽式地搜集一个作家的作品——有时是为了阅读，有时是为了收藏，不舍得读的，就再买一个"副本"。

阅读和收藏，都是发现的过程。阅读是发现意义，发现意义背后的"无意义"，发现作者不曾明确呈现的东西。收藏对我来说也是如此。当你把一个自己喜爱的作家的初版本全部集齐放在一块儿的时候，你能感受到某种生命的跳动，他／她活起来了。我始终认为，文字本身是有灵性的。

新京报：有收集到让你觉得很兴奋的签名本吗？

王强：达利一九六九年为《爱丽丝漫游奇境记》画了十二帧插画，很多人并不知道。我收集到了达利的签名本。天天沉浸在他的签名上，有一种幻觉，好像你跟他非常近，在这儿相遇了。马克·吐温一生很少亲笔签名，但是我有他一个初版本的签名，还有狄更斯、哈代、劳伦斯等的签名。

新京报：你称自己不大在意书的商业价值，剔除这一部分，签名为什么还有这么大的吸引力？

王强：通过签名，你好像能时不时感觉到作者的体温；你有一个幻觉，他／她好像就坐在文本后面。这非常神奇——哪怕是幻觉，也像海市蜃楼一样珍贵。在沙漠里饥渴驱动你寻找水源时，看到了海市蜃楼，那是让你活下去的可能最重要的东西——对于一个真正爱文字的读者来说，这种幻觉是必要的。十九世纪到二十世纪上半叶，搜集签名是西方的一种风尚，那时不是为了推销，也没有如今便利的通信手段，签名是一种互动形式，来连接作者和读者——相当于起到了现在微信"朋友圈"的作用。这就是为什么哈代会签几百册。到了二十世纪后半叶，签名商品化了，用来提高价格。不过，我即便收集签名本，也不是为了商业价值。我有很多珍藏，将来怎么办？只能找一个下家，有比我更在意的，来安置这些书，这是唯一的选择。

新京报：你曾经因为缺失了一卷查尔斯·兰姆的十二卷本作品，而忍痛割爱。取舍之间，是哪些因素起决定性作用？

王强：就收藏来说，我最怕收残品。比如皮装的兰姆这套书，市面流通的只有若干套。国际级的拍卖会只出现过一两次。董桥有一套。我发现的这套缺一卷。但就是这一卷，会耗费我整个后半生的精力。我会忧郁，随时追问那一卷在哪儿？这将极大妨碍我收藏的乐趣，甚至影响我全身心进入阅读的状态。

如果是全本或全编，收不收藏，取决于品相。我最在意的是品相。品相，可以说是我收藏的最高标准。古籍经历了漫长时间的煎熬，看到它们时已经脆弱不堪，品相已糟糕到纸页一翻就折；就保存来说，会耗费巨大的精力，你必须成为一个古籍修复专家，才能完成这个使命。比如，我见过哥白尼著作的初版，存世少之又少，价钱也说得过去；但那个品相，我没法让它长久维持，只能放弃。

人生短暂。财力再多也是有限的。你只能选择做最重要的、最喜欢的事情。说到阅读，书籍那么多，在我看来百分之八十是垃圾，那你只能选择，只能放弃。所以，这些年，我坚决不读畅销书。如果五年后还在谈论它，我再读也不晚。

新京报：你前一本书《读书毁了我》提到，选择读什么样的文字时，强调要"有力量"。

王强：对。因为经典，经过人类千百年品位、文化、时间的淘洗，至少有一个特点，就是这些作家在创作时，都是把全部生命注入了进去。曹雪芹是不是把全部精力都用在写《红楼梦》？它是不是畅销书？答案是 YES。很多经典，出版后就是畅销书，但是这个"畅销"，和现在从市场营销角度来理解的畅销书，完全是两回事儿：一个是人性做出的选择，它打动了人心，人们全去寻找它；另一个是通过营销手段"强迫着"让它变得家喻户晓。

四百多年过去了，莎士比亚仍然有大批人在读。他用戏剧和诗歌构筑了一个进入英语世界的钥匙或者说阿拉丁的神灯。你"占有"了莎士比亚，你就走进了英国历史文化的大门。往左边一看，会关注到文艺复兴、关注到中世纪，了解英国近代"文化霸权"的获得，等等；往右边一看，关注到宗教改革、关注到启蒙运动，等等。从莎翁这儿一"提"，英语世界历史文化的脉络就会

"对称性地"呈现出来。

新京报：在你满世界访书、读书的过程中，你对时间的流逝及其意义有怎样的理解和感受？

王强：这应该是"相对论"。我觉得只有进入"古典的状态"，你才获得时间没有流逝的幻觉。除此之外，面对飞速发展的现实，你心里是有恐惧的，你不知道自己赶不赶得上趟——无论是生命，还是你的学识，还是你似乎要把握的那个恒定的东西。在这种情况下，谈收藏、阅读和时间的关系，我想打一个比喻：当你踏在高速列车上，速度可以越来越快，这得益于技术的突飞猛进；但是它必须解决一个问题，就是玻璃窗必须有减速的视觉效果，人才能够适应。如果高速列车以每小时五百公里的速度前行，没有减速效果的玻璃的话，没有一个人敢于把眼睛转向窗外；否则你就晕了，甚至崩溃了。读经典，有一种减速作用，让我不晕眩，让我的心更加"定"。这是看清现实、深入思考的一个基础，也是收藏、阅读抗衡时间飞逝的关键。

新京报：或许有人会问你，经典的内容是不是在今天会过时？

王强：佛教讲"戒、定、慧"。"戒"，实际上就是减速。荷尔蒙升上来了，你 slow down。"定"呢，更是减速，力争彻底停下来。你得入定，得专注——只有"戒""定"这两个达到了，才能获得它所宣称的"智慧"；或者"戒"和"定"本身即构成了"慧","慧"也意味着你能"戒",你能"定"。《易经》所说的"人定胜天"点的也正是此意：人知止而后能定，定方能智慧齐天。从阅读的角度来说，经典实际上让人获得"戒"和"定"；最后，面对现在和未来，才能达到"慧"的境界。至于经典的内容是否过时，这不重要。很多人问经典对现在是不是有意义？如果对物质的现实有直接的意义，它就不是经典了。柏拉图怎么会对中国互联网O2O（即Online-to-Offline）产生什么重要意义呢？面对每一个毛孔都贪婪吮吸着"有用性"的现实，经典的"无用"，正是它的"最高意义"。这就是为什么我三十年来，什么都可以放弃，都可以打折扣，只宁愿把钱和精力用在收藏、阅读经典这件事上。

按：二〇一三年，意大利学者努乔·奥迪耐（Nuccio Ordine）出了本颇有意思的书，名叫《无用之物的有用性：宣言》（*L'utilità dell'inutile: Manifesto*, Milan: Bompiani, 2013）。奥迪耐思想敏锐，视角独特，从西方古今大哲学家、大文学家的经典里，精心钩沉并清晰勾勒出一部探究"有用之物"的"无用性"与"无用之物"的"有用性"之间深刻辩证关系的"文化简史"。此书刚一出版，就有了法文、德文和西班牙文译本，可见其思想价值。这本书全面精彩地回答了我题目所示的问题。书的"引言"中有两段重要的话不可轻易漏掉。现试译如下：

> 我们需要无用之物，就像我们需要让基本的生命官能活下来一样。"诗歌——尤涅斯库再次提醒我们——对想象的需要，对创造的需要，如同呼吸须臾不可或缺。

呼吸是生活而不是从生活中逃避"。这样的呼吸，正如彼得罗·巴塞罗那（Pietro Barcellona）所揭示的，它表达的乃是生活中冗余的东西恰是对生活本身的尊重。它成为"一种能量，循环往复，无影无形，既超越于生活又内在于生活"。事实上，正是在那些所谓非必需活动的褶皱里，我们感知到某种振奋。这振奋激励我们去思考一个更加美好的世界，去培植一个乌托邦；借此得以减轻，若非抹去，那无处不在的种种非正义和重石般压在（或注定会压在）我们良知之上令人痛苦不堪的种种不平等。

　　……

　　基于此，我认为无论如何，我们还是要坚守住这一信念，即那些经典与教诲，那对（生活中）非必需之物及产生不了实际利益之物的培育，的的确确能够有助于我们**抵抗**、承受，留存一线希望，瞥见一束光亮，这光亮使得我们能够走在尊严之路上。

奥迪耐原文：

Abbiamo bisogno dell'inutile come abbiamo bisogno per vivere delle funzioni vitali essenziali. "La poesia, – ci ricorda ancora Ionesco – il bisogno di immaginare, di creare è fondamentale quanto quello di respirare. Respirare è vivere e non evadere dalla vita." Proprio questo respiro, come evidenzia Pietro Barcellona, viene a esprimere "l'eccedenza della vita rispetto alla vita stessa", diventando "energia che circola in forma invisibile e che va oltre la vita, pur essendo immanente alla vita". È nelle pieghe di quelle attività considerate superflue, infatti, che possiamo percepire lo stimolo a pensare un mondo migliore, a coltivare l'utopia di poter attenuare, se non cancellare, le diffuse ingiustizie e le penose disuguaglianze che pesano (o dovrebbero pesare) come un macigno sulle nostre coscienze.

......

Ecco perché credo che, in ogni caso, sia *meglio* continuare a batterci pensando che i classici e l'insegnamento, che la coltivazione del superfluo e di ciò che non produce profitto, possano comunque aiutarci a *resistere*, a tenere accesa la speranza, a intravedere quel raggio di luce che ci permetta di percorrere un cammino dignitoso.

Nuccio Ordine, *L'utilità dell'inutile: Manifesto*,

Milan: Bompiani, 2013

奥迪耐在书中第二部分，全文揭载了美国著名教育家、一九三〇年参与创建普林斯顿高等研究院（Institute for Advanced Study）的亚伯拉罕·弗莱克斯纳（Abraham Flexner）发表于《哈泼斯》（*Harpers*）期刊一九三九年第一百七十九期的重磅文章 "The Usefulness of Useless Knowledge"（《无用知识的有用性》）。这篇历久弥新的文字直指教育的本质。它充满令人信服的实例，洋溢着激情的希望，展现了审慎缜密的表述。文章的结尾，今日读来，仍令人怦然心动，启人深思：

我们自己不做任何承诺，但我们珍惜这一希望——天马行空追寻毫无用处的知识将在未来显示它的成果，一如它过去所显示的那样。然而，我们从未站在这个立场上为高等研究院辩护。对学者们而言，高等研究院的存在就是他们的天堂，如同诗人和音乐家，他们业已拥有的权利让他们能够随心所欲想做什么就做什么，而正是因为他们能够这样做，他们才会做出非同一般的成就。

亚伯拉罕·弗莱克斯纳原文：

We make ourselves no promises, but we cherish the hope that the unobstructed pursuit of useless knowledge will prove to have consequences in the future as in the past. Not for a moment, however, do we defend the Institute on that ground. It exists as a paradise for scholars who, like poets and musicians, have won the right to do as they please and who accomplish most when enabled to do so.

Abraham Flexner, "The Usefulness of Useless Knowledge",

Harpers, Issue 179, June / November 1939

不约而同，作家王安忆《小说的常识与反理性》文中的一句话，言简意赅地回响了这一思想，虽然她的体悟未必是从这两位思想家那儿得到的灵感。"小说家就是说废话的人，没有一句话是必要的，但就是这些废话使生活在进行。"

读一流的书 [1]

问：北大出了许多知名企业家。英文系、图书馆学系、中文系都是与金融、融资、管理、互联网完全无关的专业，但是学这些专业的人怎么会创建出成功的企业？十年北大在你的生命中留下了什么印记？为什么阅读令你如此痴迷？

王强：北大岁月给了一样宝贵的东西。它关乎如何塑造一个真正的生命。那就是，对智慧的无限渴望和对人格的不懈追求。我有个座右铭："读书唯读一流的书，做人要做一流的人。"人生中，真正值得我全身心投入、值得我景仰和向往的只有两件事儿——读一流的书，做一流的人。

生活在信息的汪洋大海，既是我们的幸，也是我们的不幸，要接受的东西太多了。不想被淹没的话，在我看来，抵挡喧嚣的现实，清醒并有意义地存在的最大捷径就是：用时间和生命阅读一流的书。正是读经典，读那些能够改变我们生命轨迹的文字，成为北大人离开校园后，无论走进哪个领域，或许能比他人走得

---

1 二○一五年二月北京大学讲座后答记者问。此篇未经作者校改的文本，网上流传颇广。趁此次收入本书时，作者据录音进行了整理和校订。

稍微远一点儿的根本原因。因为真正经典的文字，它们不单单是文字，它们也是生命。这样的生命才会对读者的生命进行塑造和引领，并由此产生意义和价值。

什么样的书该读？我对书的选择是：畅销书坚决不读。越畅销越不读。不是我蔑视畅销书，而是我知道生命有限。有限的生命只能用来读真正一流的作品，而不是市场或公众的趣味强加的东西。一流的作品与群体性的喧嚣无关，它们往往具有"百年孤独"的品性。我读的作品，创作年代越来越早，因为我觉得，越是商业化的染污影响较小的早期的人，写下的文字越是他们生命的写照。选择一流的书，就要衡量这个作者写这本书时的生命状态是什么？是为满足市场的需求而写？是为一己的虚荣声名而写？还是倾其心血、经历、思考和生命而写？如果你读的不是真的文字，遇到的不是真的语言，支撑文字语言的不是真的生命，那么你最后看到的也一定是虚幻的世界，而非真实的世界。读书真正能对读者产生作用，是当读者和文字的生命融汇在一起的时候。千百年来，没有被时间淘汰的著作，是人类一代又一代选择的结果，而不是现在市场浮躁的选择，更不是广告词似是而非遮人耳目的选择。这点至为关键。

为什么读经典能改变生命的轨迹？文学的功能是什么？依我看，文学的重大功能就是：真正有力量的文字，一定能够对我们生命本体"多方位""多层次"奇异地"再造"。在我们对"真的""善的"和"美的"追求时带来奇异的"启示"，给单调平庸的生命带来充电般"启动"的感觉。那些体现人类最高、最普遍价值的东西，就会融入我们生命的血液。生命一旦注入了这三样东西（"再造""启示"和"启动"），现实中就不会轻易为世俗的、流行的、暂时的、似是而非的甚至是卑劣的价值观和物质层面的各色诱惑所扭曲、所掌控。

横下心读那些经典的、为世界所熟悉的、但疲于追逐时尚的众人们全然不屑一读的文字吧。这些文字才属于我们自己的生命与世界。

问：你的读书心得是什么？

王强：读书和吃饭一样，不能偏食。膳食平衡，精神的脾胃才能健康。

首先，是不是要读宗教和神学？我觉得一定要。不要把宗教、神学等同于迷信。读宗教、神学著作，我们才能理解超越有限人性的东西，才能获得一种"上帝"般的眼界，才能达到一种超凡脱俗的境界。我时不时会翻出《大藏经》来没有目的地读，还有《圣经》《古兰经》等原典及其他宗教、神学的理论著作。读宗教、神学，我觉得我渐渐理解了宇宙的"神秘"。然后，反观人生，我更加清醒地意识到人的渺小。这使我不得不变得谦卑。宗教信仰为什么是人类普遍的一种本能？施莱尔马赫说，宗教给人提供的是"一种绝对的依靠感"（the feeling of absolute dependence）。为自然和环境强大的"绝对性"所包围，由于自身弱小的"相对性"，人往往通过宗教来获得保罗·梯利希所谓的"生存的勇气"（the Courage to Be）。

一定要读哲学。哲学从某种意义上说，是对人之为人存在根由的诘问。作为人，我们不得不问我们自己是谁、我们从哪里来、我们要到哪里去。柏拉图《斐多》篇里的苏格拉底，等待死神降临的短暂时刻，如此专注淡定地同追随者探究肉体与灵魂各自的归宿。苏格拉底完美诠释了哲学的"爱智慧"是一个"不断操练着死亡"，平静走向另一世界的人生的全过程。

不能不读历史。历史对人类迄今几乎所有生活场景进行了最接近真实的描述。人的生命有限，如果想领略人类经历的酸甜苦辣、成功和失败、生命和死亡，就只能去读历史。宏观来看，"现在"与"未来"不过是"过去"在不同层次不同维度上的"重来"，就像库恩所说的"范型的转换"。

心理学要读。像弗洛伊德这样的心理学思想大家，他所试图拆解的是人类意识存在的奥秘，探寻的是一个人的意识和心灵究竟怎样协调运行，解答的是人如何保持人之为人的内在本质。以为弗洛伊德思想早已过时的人，读读法国大思想家德里达，就会像发现新宇宙一样，重新迷恋上他。他是和达尔文、马克思、爱因斯坦站在同一条水平线上的。

人是情感的动物。一流的诗歌能够穿透情感，展示情感宇宙的奇景。为了情感的丰富，一定要读诗。这个世界上，只有两种东西接近上帝：一个是诗，一个是音乐。美国诗人惠特曼，葡萄牙诗人佩索阿，智利诗人聂鲁达就是我的上帝。

虚构作品不可不读。小说家通过语言挑战人的想象力。这是文学的基本功能之一。比如村上春树，他作品的题材和写法奇诡多变。有人把他视为通俗作家中的摇滚乐手，但我认为他一点儿也不缺乏深刻性——在我读来，实际上他在试图捕捉（日本）现代文明里飘浮的现代（都市）人存在的本质和表征，颇有海德格尔的味道。我是村上迷。我有村上全部小说的日文原版、英译本、台湾赖明珠译本和上海译文林少华译本。为了读懂村上作品，我甚至想开始学习日文。我心仪的作家还有卡尔维诺、君特·格拉斯、雷蒙德·卡佛、博尔赫斯、米兰·昆德拉等。

科学领域的一流文字要读。达尔文，爱因斯坦，维纳，玻尔，海森堡，霍金……我坚信在科学思想和人文思想方面，存在着某种意义上相互激发、并行发展的东西。古尔德（Stephen Jay Gould）的科普文字，熔自然史、文化史、科学史、文学史于一炉，自成一种新文体，超一流好看。

日常阅读应该融合以上种种内容，要学会做出一盘有利于精神和心灵健康的"沙拉"。我称这种读书为"饮食平衡法读书"。这样，生命的生存状态才能不偏颇，精神的林木才不会因某些营养匮乏而畸形或枯萎。当然，这是我一个"读书人"的读书，专家学者怎么读，我无资格评论。

从终极目的上说，读一流书，是建造一个完全属于自己心灵的完整世界的过程。一流书读得越多，越不会为外在变化的环境所困扰，越不会为内在寂寞孤独这样可怖的心绪所打败。因为一流书籍逐渐在人的心灵里，建造起一个完全独立于，并得以抵抗生命本质之外其他力量的王国，这个王国是为本真的心灵完全拥有的，在这个世界里栖居着令人神往的古今中外丰富而伟大的灵魂。当一个人的内心拥有这样一个王国的时候，他／她灵魂的承受力会有多么强大。他／她完全不再需要依靠任何外力支撑他／她自己的生命选择及其轨迹。

文中未提及的作者部分 "经典" 收藏

一、Alfred Ainger, *Charles Lamb*, 伦敦: 麦克米伦, 一八九五年 "藏家个人额外插图" 初版 (英国传记作家安杰此《兰姆传》普通小开本初版由麦克米伦一八九一年推出)。所谓 "藏家个人额外插图之书" (privatedly-illustrated books / extra-illustrated books) 指的是, 藏家或读者个人陆续将自己搜寻到的与所藏他人出版之书题材相关的图片、画片、插图 (多取自其他出版物), 插入某书商特印之书中相关的预留空白书页处, 以此装饰方式构成由自己完成插图的独特书册。此插图风习后以十八世纪英国牧师、印刷画片及插图藏家格兰杰 (James Granger) 的名字命名 (称之为 Grangerism、Grangerisation 或 Grangerising; extra-illustration 一词亦同前义; 动词用 grangerize 或 extra-illustrate; 此类插图者亦称之为 an extra-illustrator), 因其所著《纪传体英格兰史》(*Biographical History of England*) 出版时留出供插图用的大量空白页, 书册售出之后, 不断为书册拥有者扩充添加额外插图 (extra-illustrations), 虽然格兰杰本人并未以此方式为书籍添加过插图。入藏的此册《兰姆传》"藏家个人额外插图本", 大四开 (large quarto), 插入三十三帧兰姆朋友圈人物 (柯勒律治、德·昆西、哈兹利特、亨特、华兹华斯等) 肖像版画、二十四帧对兰姆一生意义重大的地方景致的版画和石印画、十二通兰姆不同密友署名的信笺。札恩斯朵夫装帧坊十九世纪黑色全摩洛哥皮装。六格竹节书脊。书名、作者名烫金。金顶。书脊、书封、书底滚印暗花边饰。此册极珍贵。

二、Aristophanes, *Lysistrata*，纽约：限印版本俱乐部，一九三四年初版。此版阿里斯托芬喜剧《利西翠妲》，吉尔伯特·塞尔迪斯（Gilbert Seldes）英译，毕加索插画，用法国立付梓纸（Rives paper，老牌的传统仿手工纸，图画印制的首选）精印。一百一十八页。此版限印一千五百册，入藏之册编号一〇四七。第一百一十八页印数及插画说明文字下方，毕加索铅笔签名。有趣的是，毕加索为此册匆匆签名时先是漏掉 Picasso 一字中的字母"a"，待签完名后发现，又草草将其补上。毕加索特为此版创作的经典插画，"线条纯粹""构图均衡"，令阿里斯托芬明快犀利的笔触精髓跃然纸上。

三、Honoré de Balzac, *Droll Tales: The Second Decade*，纽约：科维奇-弗里德（Covici, Friede Inc.），一九二九年初版。此册《都兰趣话》，J. 刘易斯·梅（J. Lewis May）英译，深受比亚兹莱影响的新艺术派画家让·德·博谢尔（Jean de Bosschère）情色插画。红色布面烫金。金顶。毛边。

四、*The Holy Bible*，伦敦：绝无仅有书坊，一九六三年初版。三卷本（《旧约》二卷，《新约》与《旧约次经》合为一卷；底本用一六一一年英语钦定本《圣经》）。草绿色布包纸板精装烫金。此版难得的是，正文内重刊了十六世纪法国画家、木刻家贝尔纳·萨洛蒙（Bernard Salomon）所作木刻图一百零五帧。

五、Giovanni Boccaccio, *The Decameron*，纽约：博尼及利夫莱特，一九二五年插画初版。约翰·佩恩（John Payne）英译，美国先锋派画家克拉拉·泰斯（Clara Tice）插画。此两卷插画本《十日谈》，宽纸型，黑色布面烫金，书页三边均毛。书封书底各自向外延伸留出可折硬边；合上书时，两折边上下相会，正好严丝合缝闭合在一起，如若一硬纸板书匣。设计甚为独特。此版印两千套，此套编号一五八八。出版商（亦是"现代文库"创始人）博尼和利夫莱特在卷首插画前的扉页签名。

六、Lewis Carroll, *Alice's Adventures under Ground*，伦敦：麦克米伦，一八八六年初版。此册《爱丽丝地下漫游记》是卡罗尔《爱丽丝漫游奇境记》所依据故事的草稿手迹影真复刻本。

七、Lewis Carroll, *Alice's Adventures in Wonderland / Through the Looking-Glass*，伦敦：麦克米伦，一九八八年初版。此二函散叶装《约翰·坦尼尔爵士所绘爱丽丝插画》收图版九十一帧，系达尔齐尔（Dalziel）兄弟为坦尼尔插画原作制作的原木刻版及一帧电铸版的复制精品。英国韦灵伯勒的精美装帧坊（The Fine Bindery）装帧。此版限印两百套，入藏此套编号二〇〇；编号一—二五为"特藏装"（"special" sets）。坦尼尔从未允许出版商直接用其插画原作的原木刻版印刷。全数原木刻版（尚缺一块版）是一九八五年才偶然在英国国民威斯敏斯特银行（National Westminster Bank）保险库内发现的。此系坦尼尔全部插画首次也是迄今唯一一次直接印自其原木刻版，极为难得。

八、Lewis Carroll, *Sylvie and Bruno*，伦敦：麦克米伦，一八八九年初版；*Sylvie and Bruno Concluded*，伦敦：麦克米伦，一八九三年初版。哈里·弗尼斯（Harry Furniss）插画。此二册《西尔维和布鲁诺》（正、续编）系巴斯的贝因屯装帧坊枣红色全摩洛哥皮装。烫金六格竹节书脊。两册封面正中五线饰框内分别嵌书中人物贴皮彩画。

九、Geoffrey Chaucer, *Troilus and Cressida*，纽约：文学公会，一九三二年版。此版乔叟爱情叙事长诗《特洛伊罗斯与克丽西达》由乔治·菲利普·克拉普（George Philip Krapp）转译为现代英语，埃里克·吉尔木刻插画。白色牛犊皮包浅蓝色布面精装。书脊烫金印书名、作者名、出版商名。

十、Sir Thomas Malory, *Le Morte D'Arthur: The History of King Arthur and His Noble Knights of the Round Table*，伦敦：菲利普·李·沃纳（Philip Lee Warner，"美第奇学会"的出版商），一九一〇年至一九一一年插画初版。此书底本为一四八五年威廉·卡克斯顿（William Caxton）英译；英国著名版本书目学家阿尔弗雷德·W. 波拉德（Alfred W. Pollard）编辑并转为现代拼写。

此套豪华四卷本《亚瑟王之死》收苏格兰画家威廉·拉塞尔·弗林特（William Russell Flint）爵士线条及水彩插画四十八帧；使用带里卡尔迪（Riccardi）水印标识的手工纸限印五百套。入藏之册编号一七〇。书页金顶。书页前切口与书页底毛边。全乳白色软面犊皮纸装订。书脊、书封文字烫金。书封、书底有两条固定的草绿色日本横棱纹绸带作为系带。此套书的装帧者斯蒂芬·康韦（Stephen Conway）现任英国"书籍书艺装帧家学会"会长。三十余年书籍装帧生涯里，康韦的作品获得过许多大奖。他在英国西约克郡的哈利法克斯（Halifax）拥有自己的书籍装帧坊。

十一、Francis Rabelais, *Five Books of the Lives, Heroic Deeds and Sayings of Gargantua and His Son Pantagruel*，伦敦：劳伦斯与布伦（Lawrence and Bullen），一八九二年《巨人传》插画初版。底本用厄克特与莫特（Motteux）的经典英译。十九世纪末二十世纪初巴黎画家路易·沙隆（Louis Chalon）十六帧整版插画及内文装饰。两卷本，四开。二十世纪初宝石蓝全摩洛哥皮装。六格竹节书脊烫金印书名卷数；书封、书底烫金印细线边框。大理石纹蝴蝶页。毛边未裁。

十二、William Shakespeare, *The Complete Works of William Shakespeare*，伦敦：绝无仅有书坊，一九五三年新版。四卷本。所谓"新版"，是对其二十年前另一重要版本而言，即一九二九年始至一九三三年出齐的以"第一对开本"（the First Folio）为底本的八开（octavo）七卷本。一九五三年七月推出的此版，绝无仅有书坊特题献给一九五三年六月二日加冕为王的伊丽莎白二世。

十三、Voltaire, *Zadig and Other Romances*，伦敦：约翰·莱恩的博德利头像出版社，一九二九年二印（此版初版于一九二六年）。伏尔泰哲理小说《查第格》此版系 H. I. 伍尔夫（H. I. Woolf）和威尔弗里德·S. 杰克逊（Wilfrid S. Jackson）英译，英国画家亨利·基恩（Henry Keen）插画。基恩为王尔德《道连·格雷的画像》所作的插画已成经典。黑色布面烫金。红顶。毛边。

十四、Izaac Walton, *The Lives of Dr. John Donne, Sir Henry Wotton, Mr. Richard Hooker, Mr. George Herbert, and Dr. Robert Sanderson*，伦敦：约翰·马霍尔（John Major），一八二五年。《钓客清话》作者沃尔顿此册《五人传》系伦敦 F. 贝德福德（F. Bedford）装帧坊黑色全摩洛哥皮装。烫金六格竹节书脊。大理石纹蝴蝶页。书页三边烫金。木刻插画五十二帧，铜版蚀刻十一帧。

十五、Walt Whitman, *Leaves of Grass*，纽约：道布尔迪-多兰公司（Doubleday, Doran and Co.），一九四〇年。惠特曼此册《草叶集》由美国作家克里斯托弗·莫利编选并序；刘易斯·C. 丹尼尔（Lewis C. Daniel）插画；作家、书籍装帧家、美国马萨诸塞州的塞缪尔·埃伦波特（Samuel Ellenport）一九九八年设计并装帧。绿色全山羊皮装。六格竹节书脊。封面与封底烫金枝蔓上，内嵌开满绯红色与猩红色金色花蕊的皮质花朵。手绘大理石蝴蝶页。书页三边烫金。此册装帧二〇〇六年选送参加了纽约"爱书人俱乐部"（The Grolier Club）举办的"书业工作者行会一百周年展"（The Guild of Book Workers 100th Anniversary Exhibition）。"爱书人俱乐部"一八八四年一月创建于纽约，是以法国财政大臣阿吉西子爵让·格罗利尔（Jean Grolier）之名命名的一个私人爱书家俱乐部和协会。格罗利尔一生收藏颇丰，闻名遐迩，其令人艳羡的书房之座右铭曰，"Io. Grolierii et amicorum"，意为"属于格罗利尔和他的朋友"，表明书房主人愿与友人分享书籍之乐的慷慨秉性。我入藏的该俱乐部版理查德·德·伯利的《书之爱》，从里到外完美透射出其成员对于书籍版式、印刷和装帧方面的至高追求。

后 记

《书蠹牛津消夏记》是继《读书毁了我》之后，我文字的第二次结集。二〇一六年九月由海豚出版社推出初版，印了一刷；同年，香港牛津大学出版社推出繁体字初版，迄今印了三刷。

初版之时，我写过一篇跋文，谈了此著文字结集之来龙去脉，其中几件相关事实在此尚需保留。

事实一："三年前，承诺俞晓群，欠他一部书稿。三年来，这个承诺时时刻刻未敢忘怀。现在，累积至今的文字，汇在一起，终于有了兑现的可能，心里如释重负。晓群的勤奋、执着、坚韧和追求极致的堂吉诃德般勇气，不仅助他成长为出版大家，更一步步将国人出版装帧的技艺，渐渐带向可与英美同行比肩对话的境界。我一页页认真比对过手头原版藏品，不夸张地说，他心血首次的结晶《鲁拜集》，刚一迈步，秀出的段位就令人惊喜赞叹。我的文字能得出版大家晓群青睐，还将体面地栖居在海豚迷人的书装里，真是幸运。晓群的大序，清晰地将我们十几年淡淡却彼此惦念激励的情谊从字里行间浮现出来。"

事实二："不显山不显水的陆灏，总能以他无法让我拒绝的手段，不知不觉中'榨出'我的文字。翻翻此集的文章，几乎全部是给了他的《上海书评》。二〇一五年端午节，作为电影《十二公民》出品方，我去上海领取上海国际电影节授予的电影传媒五项大奖。逗留时间匆匆，给他发了条短信问候。第二天上午，出发去机场时收到他短信，说顺路可在他家附近咖啡馆小聚。他点了咖啡，我点了茶。寒暄后，他得知夏天我将去牛津待些日子，慢慢吹着咖啡泛起的泡沫，轻轻地说，既然人到牛津，何不留些文字痕迹。他说《文汇学人》将刊发一篇钱锺书负笈牛津的长文。我没直接答应，怕没把握，只是说到时看看找不找得到提笔的灵感。结果，我挥汗如雨，从牛津宿舍到北京书房，草写修改，交给他《上海书评》分五次连载完毕的《书蠹牛津消夏记》。当然，我以其人之道还治其人之身，让他也无法拒绝地为我题写了此集漂亮的书名，虽然他不止一次自谦地说：'只要不给你丢脸就行。'"

事实三："二〇一三年在上海开会，趁便想见见海上几位文字高手。陆灏编《万象》时期，我的文字偶尔与他们相遇。陆灏让郑诗亮安排了一个饭局。从文字里出来，见到陈子善、沈宏非、毛尖、黄昱宁、小宝、小白。认识了毛尖，于是有了此集这篇灵气四溢的序。朋友圈见伶牙俐齿的她写我拿玛丽莲·梦露说事儿，哈哈大笑，纷纷问我什么时候穿起裙子站在地铁风口上，淋漓尽致体验体验她所说的人生赤裸裸灿烂烂的欢愉。我倒暗自得意，此集文字正是她笔下同学张小军摆的西瓜摊。谁想得到，毛尖竟有一天也能走进来，放下身段儿，弯腰挑拣挑拣地上码放得并不高大上的西瓜。"

上述三个事实虽已过去数载，但于作者言却并不如烟。

感谢商务印书馆推出此著之修订新版。感谢草鹭同仁的辛勤付出。此次修订，增加了《书籍装帧者是一座桥梁》一文，校订了全部文字。初版八年后，借此刷提供之机会，作者得以对书友，特别是喜爱集藏的书友们再次致以文字的问候。初版跋文中原有的一段话，移录于此似乎依然合适，除去"二〇一五年"应当改为"二〇二四年"。

"写文章，我一向来得慢。收入此集字数不多的文字，竟像蜗牛，从二〇〇七年到二〇一五年，一格一格爬了八年。生性疏懒当然是主因。总固执地觉着，确有心得和感触才该动笔，虽然笔下文字缓慢却不见得就因而变得高明。"

唯愿这缓慢却不见得就因而变得高明的问候，不仅袒露了我积年集藏一角之"影像"，也袒露了我关于阅读与集藏思考之"果实"；而史家吉本的断语则是我在袒露这些思考与文字的背后，自己为自己所悬设的心向往之的鹄的："作者之风格当是其心灵之影像，但于语言之选择与驾驭则是其时习之果实。"

二〇二四年四月杪，作者记于北京